★中华优秀传统价值观故事丛书★

# 机智善辩的故事

鲍世丽 编著

吉林人民出版社

图书在版编目(CIP)数据

机智善辩的故事 / 鲍世丽编著. -- 长春：吉林人民出版社，2012.5
（中华优秀传统价值观故事丛书）
ISBN 978-7-206-08857-5

Ⅰ.①机… Ⅱ.①鲍… Ⅲ.①品德教育－中国－青年读物②品德教育－中国－少年读物 Ⅳ.①D432.62

中国版本图书馆CIP数据核字(2012)第075411号

# 机智善辩的故事
JIZHISHANBIAN DE GUSHI

| 编　　著：鲍世丽 | |
|---|---|
| 责任编辑：孟广霞 | 封面设计：七　洱 |

吉林人民出版社出版 发行（长春市人民大街7548号 邮政编码：130022）
印　　刷：永清县晔盛亚胶印有限公司
开　　本：670mm×950mm　1/16
印　　张：12　　　　　　　　字　数：90千字
标准书号：ISBN 978-7-206-08857-5
版　　次：2012年7月第1版　　印　次：2023年6月第3次印刷
定　　价：38.00元

如发现印装质量问题，影响阅读，请与出版社联系调换。

# 目录

1. 善谏智辩的晏婴 ……………………………………1
2. 言语大师孔子 ………………………………………8
3. 辞令超凡的公孙侨 …………………………………12
4. 诙谐多智的优孟 ……………………………………18
5. 稷下辩士淳于髡 ……………………………………21
6. 战国说士苏秦 ………………………………………26
7. 舌辩之士郦食其 ……………………………………33
8. 不辱使命的屈完 ……………………………………38
9. 烛之武退秦师 ………………………………………41
10. 皇武子妙语驱秦将 …………………………………43
11. 楚归晋知䓨 …………………………………………45
12. 谅毅出使答秦王 ……………………………………47
13. 范雎游说做秦相 ……………………………………50
14. 陈轸妙语破谗言 ……………………………………56
15. 齐貌辩游说齐王 ……………………………………59
16. 毛遂之舌强于百万之师 ……………………………61
17. 鲁仲连批驳降秦论 …………………………………65
18. 庄辛谏楚襄王 ………………………………………70
19. 唐且为魏求救兵 ……………………………………74

# 目录 CONTENTS

20. 甘罗十二出使 …………………………76
21. 外黄少年说项羽 …………………………79
22. 王卫尉巧言救萧何 …………………………81
23. 陈平以实言自辩 …………………………83
24. 邓芝不负使命 …………………………85
25. 陈珪父子戏吕布 …………………………87
26. 刘备以言杀吕布 …………………………89
27. 张畅临敌机智应对 …………………………91
28. 姚崇灭蝗 …………………………94
29. 裴度为刘禹锡说情 …………………………97
30. 蒯通自我辩解 …………………………98
31. 苏绰对宇文泰说古今 …………………………100
32. 姚坦直言惊益王 …………………………102
33. 农民英雄方腊的演说 …………………………104
34. 能言善辩的纪昀 …………………………106
35. 晏子善用言词 …………………………109
36. 李世民借裴寂劝父起义 …………………………111
37. 梳头奴不知身份 …………………………113
38. 公孙鞅四说秦孝公 …………………………115

# 目录 CONTENTS

39. 唐太宗不顾忌讳 …………………………………… 117

40. 晏殊给王安石的赠言 ……………………………… 119

41. 子贡不如马夫 ……………………………………… 120

42. 赵舒翘不通时务 …………………………………… 121

43. "各从其志"有言外意 …………………………… 122

44. 诸葛亮暗示刘琦 …………………………………… 124

45. 杨彪旁敲侧击曹操 ………………………………… 126

46. 管仲言外之意 ……………………………………… 127

47. 陈宫答曹操 ………………………………………… 128

48. 张建封妙语救崔膺 ………………………………… 129

49. 董叔娶妻 …………………………………………… 131

50. 黄粱与皇粮 ………………………………………… 132

51. 叔向巧用反语 ……………………………………… 133

52. 封人子高妙用反话 ………………………………… 134

53. 成公贾规劝楚庄王 ………………………………… 135

54. 常枞训诲 …………………………………………… 136

55. 郑兴巧用托词 ……………………………………… 138

56. 惠子妙用比喻 ……………………………………… 139

57. 苏代游说赵惠王 …………………………………… 140

# 目录 CONTENTS

58. 李梦阳对句 …………………………………… 141
59. 桓尹歌讽晋孝武帝 ……………………………… 142
60. 吴起引典谏魏王 ………………………………… 143
61. 蔡洪用典回击嘲笑 ……………………………… 145
62. 楚成王劝子玉 …………………………………… 147
63. 宾媚人引诗驳晋人 ……………………………… 148
64. 子产赋诗晋人畏惧 ……………………………… 150
65. 不痴不聋不做大家翁 …………………………… 151
66. 唐代宗巧用谚语 ………………………………… 152
67. 司马懿的巧妙询问 ……………………………… 154
68. 司马光之妾 ……………………………………… 155
69. 晏子借题发挥 …………………………………… 156
70. 张相升妙释"孤寒" ……………………………… 157
71. 折睢劝谏鲁哀公 ………………………………… 158
72. 李逢吉智救崔发 ………………………………… 159
73. 惠施迂回谏太子 ………………………………… 160
74. 触龙力谏赵太后 ………………………………… 162
75. 陈轸止昭阳伐齐 ………………………………… 165
76. 给彭刚直"戴高帽" ……………………………… 167

# 目录 CONTENTS

77. 烛过激励赵简子 …………………………………168

78. 诸葛亮智激孙权 …………………………………170

79. 庸芮问难秦宣太后 ………………………………172

80. 班婕妤辩诬 ………………………………………174

81. 苏轼批驳奇谈怪论 ………………………………175

82. 张旌诱导魏安厘王 ………………………………177

83. 墨子游说楚王 ……………………………………179

84. 一肚皮不合时宜 …………………………………181

85. 吕不韦暗示子楚 …………………………………182

86. 张镒馈赠时的托词 ………………………………183

87. 真宰相之言也 ……………………………………184

# 1. 善谏智辩的晏婴

晏婴：字平仲，又称晏子，夷维（今山东高密）人。春秋时齐国人，春秋后期一位重要的政治家、思想家、外交家，曾连任灵公、庄公、景公三朝的正卿，执政几十年。他机智善谈，为人正直俭朴。周敬王二十年（公元前500年），晏婴病逝。孔子曾赞曰："救民百姓而不夸，行补三君而不有，晏子果君子也！"

晏婴生活于春秋末期，正处在孔子所谓的"礼崩乐坏"的大变革大动荡历史时期，他所处的时代，正是由奴隶制向封建制过渡的时期。他虽然算不上一个改革家，但是能够凭着一个严肃政治家的良心，借助自己的机智和口才，极力影响君主实行一些开明的政策，减轻人民的负担和痛苦。

齐景公时，有一年京城附近连降十几天大雨，百姓房倒屋塌，庄稼和财物也大多被冲走。而景公却不闻不顾，整日饮酒作乐。

晏子几次请求开仓放粮，都没有被批准。他心急如焚，于是先将自家的粮食全部分给百姓，然后见景公，说："暴雨已经下了十七天了，乡村中房倒屋塌，难民遍野。老人孩子在挨饿受冻，连糟糠也吃不上，粗布短衣也穿不上。可是君王一点

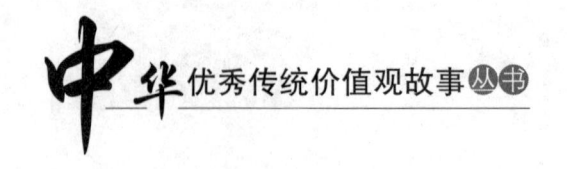

也不顾念他们，还在日夜饮酒。宫中的马吃着粮食，狗吃着肉，婢妾有足够的米肉佳肴，相比之下，对饥寒中的百姓不显得太薄情了吗？我现在充数做宰相，是百官之长，可是百姓饥寒交迫而无处告苦，又眼睁睁看着君王沉醉于酒中而不去关心百姓，我的罪孽太深重了！"说完就跪拜叩头，请求辞职，然后起身就走了。

景公经他这一番数落，头脑多少清醒了点，急忙派人追回晏子，让他巡视灾情，赈济和安抚百姓。

晏子在平时，往往是借机而谏，而且善于剖析事理，言辞中肯，说服力强。在他的言辞间，常闪现出朴素唯物的思想，对鬼神上帝持怀疑态度，特别注重人民的力量。

一次景公患疥癣，并转为热病，一年多没治好。他让史固和祝佗向宗庙、山川祷告，也无济于事。于是向晏子和梁丘据征求办法，说："寡人（自称之词）病势严重了。让史固和祝佗祷告，杀了不少牛羊，用了不少圭璧，数量比先君桓公时还多，可是病不仅没好，反而加重了。我想杀了史固和祝佗来讨上帝的喜欢，这样是否合适呢？"

梁丘据向来善于奉迎，马上说："合适。"

晏子没吱声。景公问："晏子认为怎么样？"

晏子却反问："君王认为祷告有益处吗？"

景公答："当然有益处。"

晏子便说："如果认为祷告有益处，那么诅咒就有害处了。君王疏远忠直之臣，忠直之臣被拒之门外，因此谏言不能上达。臣（自称）听说，内外大臣都沉默了，那么众人的怨言就可以把金子熔化。全国的人民众多，他们怨声载道，都向上帝诅咒。一国人诅咒，而只有两个人祷告求福，尽管善于祷告也不行。再说，祷告如果直言齐国的实情，那就自然要说君王的坏话。如果隐瞒过失，又是欺骗上帝，如果上帝有灵，就不会受欺骗；如果上帝无灵，祷告也没有用。希望君王仔细考虑。不然的话，杀了先罪之人，这是夏桀、殷纣灭亡的道路。"景公听后，认为解除了自己的糊涂认识，对晏子表扬了一番。不久，景公的病好了，要赐给晏子土地，晏子婉言谢绝了。

他对君主的进谏，有时是直言不讳，但是在多数场合中都是用委婉的言辞来讽喻，显得含蓄而幽默。

景公曾大兴土木，征发农民建筑长庲（lái）之台，以供游观玩乐。已经到了深秋季节，仍然不让农民回家收割庄稼，还设宴开怀畅饮。酒过了三巡，晏子乘着酒兴，站起来边舞边唱道："已经到了秋末，庄稼还没有收割，多么急人啊，时间眼看错过了！天气已经寒冷，工程仍不停辍，多么急人啊，日子将怎么过！"连唱了三遍，眼泪沾湿了衣襟。景公感到惭愧，下令马上停止建筑长庲之台。

晏子一直住在简陋的房舍里。景公知道后，想改善他的居住条件，对他说："你的住宅靠近闹市，地势低而又尘土飞扬，不适宜居住，请换个地势高而又干爽的地方吧。"晏子推辞说："我的先辈一直在这里居住，我有愧继承先辈的遗产，住在这样地方就已经过分了。况且这里靠近街市，早晚买东西方便，这是小人的利益所在。怎敢麻烦有关部门为我造新房呢？"景公听他这么说，便笑着问："你既然靠近街市，知道物品的贵贱吗？"晏子回答："既然有此便利，怎么能不知道呢？"景公便继续问："那么，什么贵，什么贱？"当时景公滥用刑罚，常砍掉罪人的下肢，因此市场上有做假肢卖的。晏子乘机说："假肢贵，鞋子便宜。"景公听了，马上收敛了笑容，知道是在暗讽自己。景公虽然当时不大高兴，可是后来还是减轻了刑罚。

晏子以善谏而闻名，主张以礼治国。一次景公与大臣饮酒，酒兴正浓时，景公说："今天愿与各位大夫开怀畅饮，请不必拘于礼节。"晏子听后愀然变色，赶紧向齐景公指出这是不对的，礼节是不能不要的。景公背过脸去不听。过了一会，景公出去，晏子安坐不动，景公进来时，晏子也不起立；大家一齐举杯，晏子却先把酒喝了。景公气得变了脸色，强压怒火注视着晏子说："刚才您还在教训我礼节是不可不要的，可是我出去进来您都坐着不动，大家一起举杯，您却先把酒喝了，这就是您所说的礼节吗？"晏子离席叩拜之后对景公说："我对国君所说的话怎敢忘记呢？我不过是把不讲礼节的实况演示出来罢了。国君如果不要礼节，就是这个样子。"景公这才醒悟，表示听从晏子的教诲，从此整饬法令、修订礼仪以治理国政，于是百姓也都规矩起来。

又有一次，齐景公一匹心爱的马病死了，景公大怒，要治马夫之罪。晏子对齐景公说："这人不知道自己犯了什么罪而死，让我为您教训他一番，让他知道自己的罪过，再送去监狱治罪"。景公同意后，晏子就历数其罪说："你有三大罪状：国君命你养马，你却让马病死了，这是死罪之一；你养死的又是国君最心爱的马，这是死罪之二；你让国君因为一匹马的缘故而杀人，百姓听说后必然要怨恨我们的君主，诸侯听说后必然会轻视我们国家。你让国君的马病死，使老百姓对国君积下了怨恨，我们的军队也要被邻国打败，这是死罪之三。"

齐景公听了长叹一声说："请您放了他吧，不要因此而损伤了我仁爱的德行。"

晏子的口才不仅表现在对君主的劝谏和应对上，还表现在出使诸侯国时的外交辞令上。在外交场合，他机智敏捷，不卑不亢，维护了个人的尊严和国家的荣誉，并赢得了外交中的主动地位。

晏子出使楚国时，楚人知道他身材矮小，便在大门旁边另开了个小门来迎接他。晏子站在门外不进，说："出使狗国，才从狗门进；今天我出使楚国，不应当从此门进？"接待人员只好让他改从大门进。见到楚王后，楚王问他："齐国没有人了吗？"晏子答道："齐国都城临淄有上万户人家，人们如果都张起衣袖，就可以遮住天空；同时挥汗，就如同下雨一样。肩挨肩，脚跟脚，到处是人，怎能说没人呢？"楚王顺势又问："既然有人，为什么偏让你来呢？"

晏子答道："齐国派遣使者有个规矩，要按各自品行的优劣出使不同的国家，贤者出使有德之君的国家，不贤者出使无德之君的国家。我是最差的，因此只能出使楚国。"这种恶作剧的玩笑，在外交场合是常会遇到的，使者如果认真起来翻了脸，或是听之任之，或是应对不恰当，都将被耻笑，处于被动。在这智慧的较量中，晏子做到了有理、有利、有节，应对自如，恰到好处。他见开小门迎接自己，便用"出使狗国才从狗门进"来应对，摆脱了困境，反而骂了楚人。但又说："出使楚国不应当从狗门进"，将话头留有余地，使楚人哭笑不得。楚王问"齐国没人了吗？"这话背后含有恶毒的骂意。但晏子只是按话的表面意思应对，将齐国的人口众多大大夸耀了一番。可是楚王不知深浅，进一步问"为什么偏派你来了？"蓄意贬低晏子。晏子就有点不客气了，用假设推理的方式，导致"我是最差的，因此只能出使楚国"的结论，目的是暗中骂楚王是最无德的君主。因为毕竟是开玩笑，因此楚王也不好发作，而晏子却从被动转为主动。

晏子又一次出使楚国，楚王事先对左右侍臣说："晏子是个善于辞令的人，想个什么法子好好侮辱他一番呢？"有人献策说："当他来到时，我绑着一个人从大王面前经过，大王就问：'是什么人？'我就答：'是齐国人。'大王再问：'犯了什么罪？'我就答：'犯了盗窃罪'。"

晏子到了楚国，楚王请晏子喝酒。正喝到兴头上，有两个人绑着一个人从庭前经过。楚王问："绑的什么人？"下面答："齐国人，犯的盗窃罪。"

楚王于是瞧着晏子，问："齐国人生来就善于盗窃吗？"

晏子忙离开座席，恭敬地答道："我听说，橘树生长在淮南就是橘，生在淮北则成了枳，只是叶子相似，它们果实的味道却不同。为什么有这种变化呢？因为水土不一样了。齐国人生长在齐国本来不盗窃，可是到了楚国就盗窃，是不是楚国的水土使人善于盗窃呢？"

楚王听他这么一说，不自然地笑了，说："圣人不是可以随便取笑的，寡人反倒闹了个没趣。"

◆楚国所设计的恶作剧，既滑稽又恶毒，晏子稍有迟钝就会陷于被动。晏子先假设绑的人是齐人，犯了盗窃罪，然后用橘树因水土不同而变异的道理，类推齐人本不盗窃，而到了楚国就善盗的原因也是水土发生了变化，言外之意就是说楚国人都是盗贼。他这么反戈一击，不仅将齐人开脱得很干净，而且反过来把楚国人侮辱了一番，使楚王搬起石头砸了自己的脚。自然，这种类比在逻辑上是站不住脚的，但是在这种开玩笑的场合却用得恰到好处，显示了晏子的智慧和口才。晏子凭借自己过人的智慧和胆量为自己和齐国赢得了尊严。

# 2. 言语大师孔子

孔子：名丘，字仲尼，鲁国陬邑（今山东省曲阜市南辛镇）人。春秋末期的思想家和教育家，儒家学派的创始人。孔子集华夏上古文化之大成，在世时已被誉为"天纵之圣""天之木铎"，是当时社会上最博学者之一，并且被后世统治者尊为孔圣人、至圣先师、万世师表。

---

孔子作为思想家和教育家，对语言格外重视，在他列举自己门下十位高才生的专长时，就将"言语"与"德行""政事""文学"并列，后被称为"孔门四科"。他还是一位言语大师，不仅有丰富的言语实践，而且在言语理论上也有所建树。

孔子的言辞含蓄凝练，有些至今仍对人有教育意义。如：

知之为知之，不知为不知，是知也。（知道就是知道，不知道就是不知道，这才是真正的聪明。）

三人行，必有我师焉。（三个人在一起走路，其中必定有值得自己学习的人。）

当仁，不让于师。（在仁德面前，就是老师，也不同他谦让。）

过而不改，是谓过矣。（有错误不改正，那可是真正错误了。）

益者三友，损者三友。友直，友谅，友多闻，益矣。友便辟，友善柔，友便佞，损矣。（有三种有益的朋友，有三种有害的朋友。同正直的人交友，同信实的人交友，同见识广博的人交友，是有益的。同献媚的人交友，同当面恭维而背后说坏话的人交友，同夸夸其谈的人交友，是有害的。）

与朋友交，言而有信。（与朋友交往，应该说话诚实可信。）

孔子很重视言语的作用。他说："言语是用来表达思想的，不说话，谁能知道你的思想呢？"又说："有德行的人一定要有言辞。"他公开招收弟子，亲自讲授。凡带上一点"束修"的，都收为学生。如颜路、曾点、子路、伯牛、冉有、子贡、颜渊等，是较早的一批弟子。连鲁大夫孟僖子、其子孟懿子和南宫敬叔都来学礼，可见孔子办学已名闻遐迩。据说他的弟子先后有三千人，比较出名的也有七十二人。可以想见，这除了靠他有广博的学识之外，还需要有深厚的言语功夫。他就是用这言语上的功夫来传授知识，阐发自己的思想的。

他不仅注意自己言语的锤炼，而且还重视对弟子言语能力的培养。他为弟子设置的课程中，就有"言语"一科，而且培养出了像子贡、宰我这样的在言语方面的高才生。孔子还要求弟子熟读《诗经》，并能够随机运用于言语交际中。他说："熟读《诗经》三百篇，让他出使，却不能随机应对，读得再多，又有什么用呢？"

孔子在与弟子谈话时，因材施教，即使对同一个问题，根据对象不同，回答的内容也不一样。子路问他："听到一个道理就去实践吗？"孔子答："有父兄在，怎么能听到什么就去实践呢？"后来冉有也问："听到一个道理就去实践吗？"孔子答："听到一个道理就可以去实践了。"公西华两次都在场，对老师的回答感到奇怪，就问孔子。孔子解释说："冉有为人谦退，因此我用话鼓励他；子路好胜，因此我用话使他有所约束。"孔子还很注意启发式教学，常用提问或互相切磋的方式，启发弟子独立思考。今天留传下来的《论语》一书，保存了他与弟子谈话的大量记录。《论语》流传之广、影响之大、生命力之强不仅在于其博大精深的思想，亦在于其高超的语言表达力，许多成语和名句来自其中，广为传颂，长盛不衰。

孔子讨厌夸夸其谈，认为那些花言巧语，说起话来眉飞色舞的人，很少有仁惠的。他主张慎于言谈，曾说："古人不轻易说话，是耻于自己说了而做不到。"又说："整天讲话也不要忘记自己的忧虑，整日做事也不要忘记自己的后患，只有聪明人才能做到这一点。因此，常怀恐惧之心，言行恭谨，是消灾避难的好办法。一生从事一件事，可能由于一句话不当而前功尽弃，言语能够不慎重吗！"他认为在交际时，应视对象与场合，该说时就说，不该说不要强说。他说："可以同别人交谈，可是没有交谈，这是错过了交际对象；不可以同别人交谈，却交谈了，这是错用了言辞。"又说："同君子在一起说话容易犯三种错误：没轮到自己谈论，却先说了，这是急躁；该说话了，却没有说话，这是迟钝；不看别人脸色贸然说话，这是盲目。"

孔子主张"辞达而已矣"，言辞足以表达思想就可以了。但这并不是说言辞不需要必要的修饰，而是反对喋喋多语。他注重言语内容和形式的统一，说："言之无文，行之不远。"言辞没有文采，就影响不到远方。又说："情欲信，辞欲巧。"内容要实在，言辞要美妙。他还曾在谈论君子的言行修养时说："文质彬彬，然后君子。"文采和朴直配合得适当，才称得上君子。足见孔子对语言的积极态度和严格要求，追求语言形式完美地表达思想内容的一种境界。这实际上也就是他本人一生中言行的准则。

遗憾的是，他尽管是位言语大师，也周游了列国，但是由于他的政治思想是极力维护日趋没落的奴隶制的，因此没有人采纳他的主张，以至到处碰壁。他于是只好回到鲁国，教授弟子，修撰鲁国史书《春秋》。

《春秋》只用了18 000余字概括了242年的史实，其用词精练，简明谨严可想而知。所以后人评价它"寓褒贬、别善恶""微而显""志如晦"。孔子对《春秋》词语的选择可以说到了字斟句酌的地步，反复锤炼。

◆孔子是语言大师，《论语》影响深远，其思想之精深，亦在于其语言之魅力。孔子的语言简洁、生动、富于哲理，深深地影响了中国和世界各国的人们，虽不如孟子的犀利，庄子的恣肆，韩非的峻峭，但自有平易端正和含蓄生动的特点，这些语言含蓄而不费解，透明而不浅薄，深刻、理智，人们阅世愈久，感之愈深。

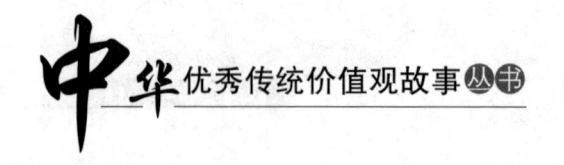

# 3. 辞令超凡的公孙侨

公孙侨：字子产，春秋时郑国的公族，年轻时就已崭露头角，后来，宰相子皮赏识他的才干，将大权移交给他，公元前543年到522年执掌郑国国政，连续执政二十六年，是当时最负盛名的政治家。子产没有著述传世，他的言行事迹，主要载于《左传》《史记》等书籍。他机警聪敏，沉毅果敢，博学多识，又善于辞令。

公元前543年，子产做了郑国的正卿（相当于宰相），开始实行社会改革。他下令把田地划清疆界，承认土地私有。他规定有战功的农民可以升任小官吏。他对贵族中比较俭朴的人予以嘉奖，对奢侈浪费的人加以惩罚，使他们不敢为所欲为。他还允许百姓议论政治，注意听取大家的意见，在郑国大胆实行改革。

为了保障社会改革的进行，子产主持制订了一套国家法律——刑书。刑书先是写在竹木简上，由国家的官吏掌握施行。后来，子产下令把刑书铸在鼎上，放在王宫门口，让全国百姓都能够看到这个鼎。这就是有名的刑鼎，让全国遵照执行。有人写信表示非议，他回信说："如果像您说的，我实在不才，而且恐怕影响我的子孙承袭我的爵位。但我为的是拯救社会，就不能有别的顾忌了。尽管我不能接受您的意见，可是怎敢忘记您的一片好心呢？"实行新法不过几年，郑国大治，夜不闭户，路不拾遗。

为了发展生产，他还颁布了新的赋税制度。人们一开始不理解，不习惯，编出歌谣说："计算我的财产而收费，丈量我的土地而征税。谁杀子产，我助他一臂之力。"有人将歌谣转告给子产，子产说："怕什么？假如有利于国家，生死由它去。况且我听说，做好事的人不改变他的初衷，因此才能成功。百姓不能让他们放任自流，法度是不能变更的。《诗经》中说：'礼义上没有差错，何必顾虑别人的闲言烂语？'我已经下定决心了。"过了三年，人们尝到了新的赋税制度的甜头，于是又编出歌谣说："我有子弟，子产加以教诲；我有土地，子产让它多打粮食。如果子产死了，谁能继承他呢？"

他在政治上是比较开明的，善于发挥民众的智慧，广开言路。郑国人常到乡校中聚会，议论国家政治。有人对子产说："禁止乡校议政之风，怎么样？"子产说："为什么要这样做呢？人们早晚做完事情，到那里聚会谈论，评议一下政治上的得失，有什么不可以的呢？他们认为好的，我就推行，他们讨厌的，我就改正。这些评议就像我的老师，为什么要禁止呢？我听说用忠善可以减少怨恨，没听说靠耍威风可以防止怨恨的。难道靠强硬手段不能制止议论吗？然而事情不是这么简单的。这像防止河水一样：堤防如果发生大的决口，伤害的人必然要多，我们就无法补救了。因此，不如开个小口加以疏导，才不至于出现大的危害。对于民众的批评，不如听了之后把它作为苦口良药，用来治理政治上的弊端。"

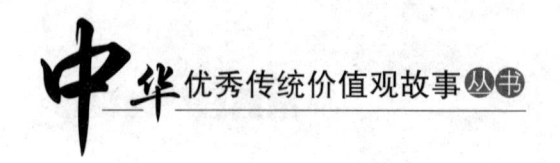

在外交场合，他常充分发挥自己的才识和思辨，取得外交上的胜利。

子产在做了正卿之后不久，陈国曾随同楚国攻打郑国。郑国为了报复，于第二年由子展和子产率领七百辆战车，夜袭陈国，一举攻下陈国都城。战争结束后，由子产带队到盟主晋国贡献战利品。

到了晋国，晋国派人首先质问陈国有什么过错。子产于是慷慨陈词，说："当初（周代之初）虞阏父做周朝的陶正，以服侍先王（指周武王。晋国和郑国与周人同宗，都是姬姓国家），先王赞赏他能制作陶器，并且是虞舜的后代，就把他封在陈地，又把长女太姬匹配给他的儿子胡公。因此，陈国是我周朝的后代，到今天还依赖于周朝。陈桓公死后，陈国发生动乱，是我们先君辅助五父做了陈君。一直到陈庄公、陈宣公，都是我们所立的。陈国后来有夏氏之乱，陈成公流离失所，又是我们帮助他回国的。这些是贵国君王所熟知的。现在陈国忘记了周朝的大德，无视郑国的恩惠，抛弃姻亲，倚仗楚国强大，攻打我国，仍贪心不足。因此，我国曾在去年请示攻打陈国，但是没有得到贵国的答复，于是发生了陈国帮助楚国攻打郑国的战役。在陈国军队经过的路上，填没水井，砍倒树木。敝国担心被削弱会给先祖太姬带来耻辱，幸而上天厌弃他们，使我们萌发了攻打陈国的想法。陈国已经知道自己的罪过在我们这里得到了惩罚，因此我们敢于贡献战利品。"晋人又问："为什么进攻小国？"子产回答："先王曾命令，只要是罪过所在，就要分别给予惩罚。再说，从前天子的土地四边各一千里，诸侯的土地四边各一百里。现在大国的土地多到四边各几千里，如果不是侵占小国，怎么能到这种地步呢？"晋人不能再质问了，向执政者赵文子汇报。赵文子说："子产的言辞合情合理，违背了情理是不好的。"于是接受了郑国的战利品。子产的言辞，可说是头头是道，冠冕堂皇，使人找不出破绽，从而完成了使命。晋国接受了郑国的战利品，也就意味着对郑国攻打陈国行为的默认。孔子后来对此事评论说："古书上说：'言辞是用来表达思想的，文采是用来完善言辞的。'不说话，谁知道你的意愿？说话没有文采，也不会行之有效。晋国是霸主，郑国攻入陈国，如果不是子产善于辞令，是行不通的。要慎重使用言辞啊！"

子产在执政的第二年，又辅佐郑伯（国君）到晋国朝聘（对上的拜访）。晋侯因为鲁国有丧事，没有及时接见他们。子产于是果断地让手下人把宾馆的围墙拆毁，以便将装载着财物的车辆进到院子里安置。晋侯听说后，便派大夫士文伯前来查问，说："敝国法治不严，盗贼很多。敝国是诸侯的盟主，各国常来朝聘，因此加厚了围墙，以使宾客安全。你们今天却拆毁了围墙，让我们再如何接待宾客呢？我们君主因此派我来询问拆毁围墙是什么意思。"

子产早已胸有成竹，镇定地回答："由于敝国弱小，处于大国威力之下。大国索要贡物的时间不固定，因此不敢疏忽，就带着全部收入前来朝聘。不巧赶上贵国执事（指晋侯）不得空，不能及时接见，又没有具体指示。我们不敢让财物放在露天地里让风吹雨淋，担心财物经一干一湿会毁败，从而加重敝国的罪过。我听说晋文公做盟主时，自己的寝宫虽然低小，但是却将接待诸侯的宾馆建筑得高大宽敞，如同现在贵国君主的寝宫一样。当时宾馆的库房和马厩也修缮得整整齐齐，道路整修得平平坦坦，接待宾客的人都尽职尽责。文公从来不让诸侯宾客滞留，但是该办的事也不废弃；体谅宾客的甘苦，有了麻烦就加以安抚；宾客不知道的加以诱导，缺少什么就给予周济。宾客到了宾馆就像在家一样，没有什么为难之处。不担心寇盗，也不担心风燥雨湿的事。可是现在晋国的铜鞮宫规模宏大，绵延数里。而诸侯来朝聘却住在奴隶才住的房舍里，大门连车都进不来，又不能越墙而入；盗贼公然横行，传染病也不时发生。宾客进见没有准时候，又得不到具体指示。如果我们今天不拆毁围墙，就没办法安置满载财物的车辆，也就将加重我们的罪过。请转问贵国君王，对我们有什么指示。如果我们能够早日献上贡品，愿意将围墙修好再上路。这是晋君的恩惠，怎敢辞辛苦呢？"子产的这番话，可说是振振有词，天衣无缝。其中不失对盟主晋国的恭敬，然而不亢也不卑，柔中有刚，不仅申明了拆毁围墙的充分理由，还说了晋国一堆不是。士文伯无言以对，连忙向执政官赵文子汇报。赵文子听了，不无感慨地说："子产的话确实有道理，我们实在是德行不足，竟然用奴隶才能住的房舍做宾馆来接待诸侯，这是我们的过失呀！"马上打发士文伯去向郑伯道歉。晋侯也及时接见了郑伯，礼仪隆重，还赠给郑伯很多礼物。郑伯走后，晋侯下令兴建了新的宾馆。赵文子事后说："辞令是不能废弃的呀！子产善于辞令，诸侯都因此借光。《诗经》中说：'言辞热情，百姓就和睦；言辞动听，百姓就安心。'子产是明白言辞的重要性的呀！"

十几年之后，子产代表郑国参加诸侯的盟会，又来到晋国。

会上讨论到各国进贡财物多少的次序，子产争道："从前天子确定进贡财物的多少，是根据各国的地位（诸侯分为公、侯、伯、子、男不同等级）决定的。地位尊贵，进贡就多，这是周朝的传统惯例。郑国是男爵，如果让我们按公、侯的等级进贡，恐怕是不能如数供给的，谨请原谅。诸侯间立盟休兵，应该以友好为宗旨，可是催缴贡品的使者没有哪一个月不到的。贡品没有限度，小国难以满足，也就不免有所得罪。诸侯今天重温旧盟，是为了让小国得以幸存，可是纳贡无穷无尽，小国灭亡就指日可待了。决定小国存亡的贡赋制度，就看今天了。"争论从中午一直到夜晚，晋人虽然恼火，但最终也无可奈何，同意了子产的意见。子产不仅维护了郑国的利益，也维护了其他小国的利益。后来孔子听说此事，便说："子产此行，足以成为国家柱石了。《诗经》中说：'君子快乐，他是国家的柱石。'子产，是君子中为国家求得快乐而自己也快乐的人。"

　　荀子曾说，君子在交际中，应是"言语之美，穆穆皇皇"。穆穆皇皇，意思是优雅而有气度。子产可称得上是言语之美，穆穆皇皇的君子了。

　　◆子产就是一位出色的外交家，郑国处于众强环围之中，南有强楚，北有晋霸，介于晋、楚两个大国之间，成为二者争夺的对象，左右为难。但子产为了维护郑国的独立和尊严，在许多棘手的外交事件中，坚强地、不屈不挠地和晋楚等大国展开了针锋相对的斗争，从而改变了郑国同各诸侯国交往中的被动局面。他精心治理国家，巧妙地与大国周旋，不仅使国力得到充实，也使郑国在诸侯间有了一定的威望。

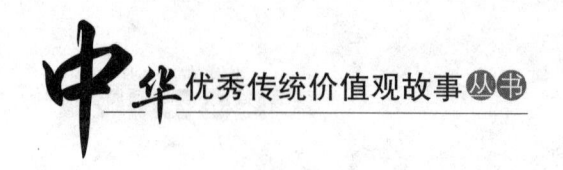

# 4. 诙谐多智的优孟

优孟：春秋时期楚国人，为宫廷艺人。以优伶为业，名孟，故得名，荆州人。从小善辩，擅长表演，专门用滑稽幽默的言笑侍奉楚王。他为人正直，常在谈笑中对楚王进行讽谏，或者为别人排忧解难。

---

优孟身材高大，善辩多才，擅长模仿和表演，并以乐舞戏谑谋生，他喜欢对看不惯的现象进行讽谏。

楚庄王有一匹心爱的马，穿着彩色的丝绸住在华丽的屋宇之下，吃的是枣脯。可是由于这匹马生活水平过于优越，养得过肥，一天突然死了。楚庄王非常伤心，让群臣用棺椁（古代贵族下葬，棺木有两层。里层为棺，外层为椁）盛殓，用大夫的规格为马送葬。左右大臣觉得这事太过分，极力劝阻，庄王不仅不听，还下令说："有敢因马的事上谏的，死罪！"

优孟听说此事，便来到殿前，仰天大哭。楚王惊问缘故，优孟说："这匹马是大王最心爱之物，凭着楚国如此之大，要什么没有？却只以大夫的礼仪送葬，太草率了！请改用君主的礼仪为马送葬。"

楚王问："那应该怎么样进行呢？"优孟回答："请用有雕饰的玉石做棺，用带花纹的梓木做椁，征发甲兵挖墓穴，老弱之人背土、齐君、赵君在前挽灵车，韩君、魏君在旁护卫，在宗庙中献上丰盛的贡品，再封以万户之邑供奉马死后祭祀的费用。这样，诸侯听说，就都知道大王轻贱人而尊重马了。"

庄王听了，不好意思地说："寡人的过失竟到了这种程度！您看应该怎么办呢？"

优孟说："请大王将马按一般的牲畜埋葬。用铜锅为棺，用灶坑为椁，用姜枣陪葬，用木兰为床，用火光为衣，用稻粱祭奠。"

言中之意是将马肉放入锅中，在灶上加火，再放上各种调料，煮熟后就着饭吃掉。于是庄王将死马交给宫中厨房，还下令不要将原来的打算宣扬出去。

优孟的另一次讽谏，不是用夸示之法，而是更别开生面，他通过其演人的特殊技巧，为楚相孙叔敖的遗孀和儿子解决了穷困。孙叔敖是楚国的贤相，是楚国有功之臣。孙叔敖知道优孟是个贤人，因此平时对他很尊重。孙叔敖为人正直清廉，病重临死时，家中没有多余财产，他嘱咐儿子说："我死后，你一定穷困，难以维持生活。到那时，你就去见优孟，说明自己是孙叔敖的儿子，他会帮助你的。"

孙叔敖死后，薪俸没有了，因其清廉家无余财，朝廷对其家人生活也不过问，孙叔敖的儿子穷得没有办法，只好上山打柴为生。

一次路遇优孟，便说："我是孙叔敖的儿子，父亲将死之时，告诉我贫困时就去见您。"优孟将他领回家，热情款待，并且嘱咐他回家后穿起父亲的衣服，模仿父亲的言谈举止，而且近期内不要出远门，以防有事时找不到他。

过了一年，一次庄王在朝中设宴，优孟便带着孙叔敖的儿子到场。庄王见到孙叔敖的儿子大吃一惊，恍惚中以为孙叔敖复生了。等庄王知道真相之后，便想拜孙叔敖的儿子做丞相。优孟说："请让他回去后禀报母亲，三日后再拜相。"庄王答应了。

三日后，优孟见庄王，庄王问："他母亲怎么说？"

优孟答："他母亲说：'千万不能干，楚国宰相是不能做的。孙叔敖做丞相，忠诚廉洁，一心治理国家，使楚国成了霸主。可是自己死后，儿子却无立锥之地，靠打柴为生。如果一定要让儿子像孙叔敖一样，老妇我不如死了好。'"

庄王听罢，深感内疚，于是召见孙叔敖的儿子，封给他四百户，用收取的赋税用来祭祀孙叔敖和维持母子的生活。

优孟的这次表演就是成语"优孟衣冠"的由来，后来人们也就用"优孟衣冠"比喻假扮古人或模仿他人，也指登场演戏。

◆优孟的社会地位低下，仅仅是为楚庄王开心解闷的倡优而已，但是他那异乎常人的渗透着幽默的讽谏才能，特别是他怀仁蹈义，敢于批评至高无上的封建统治者国君的胆识，给后世的人们留下了深刻的印象。他批评了楚庄王"以大夫之礼葬马"，又巧妙地控诉了楚庄王对功臣的刻薄寡恩："必如孙叔敖，不如自杀。"这一切都反映了他嫉贪如仇，扬廉扶廉的进步思想。

# 5. 稷下辩士淳于髡

淳于髡：战国时期齐国（今山东省龙口市）人，著名的政治家和思想家。他学无所主，博闻强记，能言善辩，言语幽默。他多次用隐言微语的方式讽谏威王，居安思危，革新朝政。还多次以特使身份，周旋诸侯之间，不辱国格，不负君命。他长期活跃在齐国的政治和学术领域，上说下教，不治而议论，曾对齐国新兴封建制度的巩固和发展，对齐国的振兴与强盛，对威、宣之际稷下之学的发展，做出了重要的贡献。

齐威王八年（前394），楚国派遣大军侵犯齐境。齐王派淳于髡出使赵国请求救兵，让他携带礼物黄金百斤，驷马车十辆。淳于髡仰天大笑，将系帽子的带子都笑断了。

威王说："先生是嫌礼物太少吗？"

淳于髡说："怎么敢嫌少！"

威王说："那你笑，难道有什么说辞吗？"

淳于髡说："今天我从东边来时，看到路旁有个祈祷田神的人，拿着一只猪蹄、一杯酒，祈祷说：'高地上收获的谷物盛满篝笼，低田里收获的庄稼装满车辆。五谷繁茂丰熟，米粮堆积满仓。'我看见他拿的祭品很少，而所祈求的东西太多，所以笑他。"

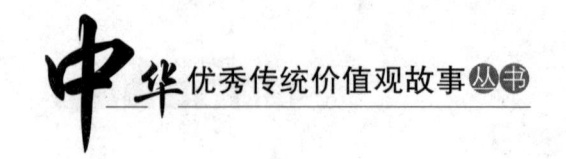

于是齐威王就把礼物增加到黄金千镒、白璧十对、驷马车百辆。淳于髡告辞起行，来到赵国。赵王拨给他十万精兵、一千辆裹有皮革的战车。楚国听到这个消息，连夜退兵而去。

齐威王非常高兴在后宫设宴，问淳于髡："先生饮多少才能醉？"

淳于髡答："臣饮一斗能醉，饮一石也能醉。"

威王不理解，追问："先生饮一斗就能醉，怎么还能饮一石呢？可以说说是怎么回事吗？"

淳于髡就说："在大王面前，旁边有法官和监察官，我战战兢兢，饮不到一斗就醉了。在家中父母面前，有贵客在场，我毕恭毕敬地陪着，不时还得站起来举杯劝酒，饮不到二斗就醉了。朋友久不相见，偶然遇上，畅叙友情，饮到五斗才醉。乡间聚会，又有游戏娱乐，男女杂坐，互相拉手、对视也不受惩罚，我乐在其中，饮到八斗才有二、三分醉意。晚上畅饮，男女同席而坐，腿脚交搭，杯盘狼藉。主人送走客人后，单独留下我继续开怀畅饮，这时我最高兴，能饮一石。因此说，酒饮到极量就要昏乱，高兴过了头就要转为悲哀，事情就是这个道理。"

最后，淳于髡点明了说这番话的用意："故曰酒极则乱，乐极则悲；万事尽然，言不可极，极之而衰。"意思是说，享乐的追求是无穷尽的，一味地追求享乐，就会走到邪路上去。以此来讽谏威王，希望他能明白"极之而衰"的道理。齐威王听从淳于髡的劝告，自此停止了通宵达旦的喝酒，将更多的精力用到处理朝政上。他整顿吏治，选贤任能，在不长的时间里，使府库充实，国力强盛，齐国大治，最终开创了"复霸"

的局面，取代魏国成为当时中原最强大的诸侯国。淳于髡也被委任为"诸侯主客"，专司礼仪，接待来宾。

齐宣王求贤时，号召天下人推荐有才干、品德好的人，淳于髡一天就举荐了七个人。宣王说："我听说，千里之内有一千贤士，就可以说是并肩而立了；百代出现一位圣人，就可以说是脚跟脚地来了。今天一天中就举荐了七个人，人才不是太多了吗？"

淳于髡答道："事情也不能这么说。飞鸟同类就聚集成群，走兽同类就一起行走。假如到沼泽中寻找柴胡、桔梗（药草名），那么永远不会见到一株；而到了皋黍、梁父（山名）的阴面寻找，就可以满载而归了。万物都有归属，现在我就是贤士的归属。大王向我寻求贤士，就像到河中打水，用钻燧（古人取火器）取火一样，是没有穷尽的。我将继续为大王举荐，怎能仅是这七个人呢？"

淳于髡一番话，使齐宣王茅塞顿开，心服口服。看起来，世上的人才不是少了，而是没有找到识别人才的方法和途径啊！

淳于髡曾为齐国到楚国献一只天鹅，可是天鹅在途中就挣脱飞跑了。他只好编造了一套说辞，见到楚王时便说："齐王派我来献天鹅。经过水边时，我不忍心让天鹅受渴，就放它出笼子饮水，可是它乘机飞跑了。我无法完成使命，就想剖腹或上吊而死，又担心别人议论我们君王因为一只鸟的缘故就让臣下自杀；我想再买一只类似的代替原来那只，可是这又是不诚实而欺骗大王的行为；想逃到别的国家避难吧，又痛心两国的君王使节不通。想来想去，还是应该前来认罪，叩头。请大王处置。"

　　淳于髡这番话，说得十分巧妙。"不忍天鹅的饥渴，让它出来喝水"，说明淳于髡的仁；"想要刺腹绞颈而死"，说明淳于髡的勇；"担心别人非议楚王"说明淳于髡的忠；"不愿另外买类似的鸟来代替"，说明淳于髡的信；"痛心齐、楚两国之间的通使断绝"，说明淳于髡的义；"服罪""领罚"，说明淳于髡的诚。仁、勇、忠、信、义、诚具备，谁还会治他的罪呢？结果楚王不但没有怪罪淳于髡，反而赞赏道："很好啊，齐王竟有这样忠信的人。"并且用厚礼赏赐淳于髡，财物比献天鹅还要多一倍。

　　齐国孟尝君的封地薛邑靠近楚国，楚人进攻薛邑，想据为己有。淳于髡当时正好出使楚国返回，路过薛邑，孟尝君便在郊外隆重地迎接他。孟尝君对淳于髡说："楚人进攻薛邑，先生不必害怕。然而，我将再也见不到先生了。"

　　孟尝君说这话，是向淳于髡暗示薛地形势严峻，危在旦夕，请淳于髡帮忙，在齐闵王面前求救兵。当时孟尝君与齐闵王关系不好，因此不便亲自求援。淳于髡明白他的意思，答应说："遵命。"

　　回到齐国后，向齐闵王汇报了出使之事。汇报完毕，闵王问："一路上都见到什么了？"

　　淳于髡乘机说："楚人太猖狂，薛人（指孟尝君）也是不自量力。"

　　闵王追问："你指的是什么？"

　　淳于髡便说："薛人不自量力，在薛邑为先王建立了宗庙；荆人在猖狂进攻，宗庙一定很危险了。因此说楚人太猖狂而薛人不自量力。"

　　孟尝君与齐闵王同是田氏宗族，孟尝君父亲靖郭君为了巩固自己的地位，便在薛邑建立了先王的宗庙。宗庙是宗族的象征，也是诸侯国的象征，是不能允许别人占有宗庙所在地的。因此，淳于髡一提到宗庙危险，齐闵王马上吓得变了脸色，惊呼："噢！先王的宗庙在那里呢！"于是急忙下令发兵救援，薛邑从而转危为安。淳于髡巧妙地解救了孟尝君。

　　◆淳于髡由贱而贵，固然和齐国长期奉行"举贤尚功"的统治政策有关，但根本原因还在于他具有超乎常人的智慧和才干。淳于髡运用"隐语"进谏和与别人进行辩论的记载在史籍中还有很多。他借喻讽谏，参与政治，凭借自己的才智，成为稷下先生中的代表人物，而且他的微言妙喻中，有很多富有哲理的思想观点，是稷下之学中宝贵的思想财富。

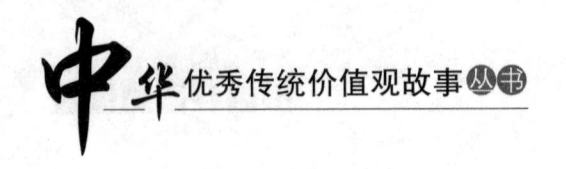

# 6. 战国说士苏秦

苏秦：字季子，战国时期的洛阳（周王室直属）人，他年轻时向鬼谷子专门学习游说之术，后来周游列国，是与张仪齐名的纵横家，可谓"一怒而诸侯惧，安居而天下熄"。著名的游说之士与政治活动家。苏秦最为辉煌的时候是劝说六国国君联合，堪称辞令之精彩者。于是身佩六国相印，进军秦国，可是由于六国内部的问题，轻而易举就被秦国击溃。

苏秦很想有所作为，曾求见周天子，却没有引见之路，一气之下，变卖了家产到别的国家找出路去了。但是他东奔西跑了好几年，也没做成官。后来钱用光了，衣服也穿破了，只好回家。初次出游就一无所获，家中人都瞧不上他。嫂子讥笑他说："周人的风俗，是致力于农耕或从事工商，而你放弃正业而耍嘴皮子，今天受此挫折，不也是该着吗？"苏秦听了，又羞愧又烦闷，于是闭门不出，埋头读书。后来发现姜太公的一部叫《阴符》的兵书，很感兴趣，便仔细研读起来。有时困了，就用锥子猛扎大腿，血一直流到脚面上，这就是成语"悬梁刺股"中之"刺股"的由来。过了一年，苏秦将《阴符》读得烂熟，而且有不少心得，自己说："用这些道理就足以游说天下君主了。"于是他再次出门游说。

当时诸侯主要有秦、齐、楚、赵、魏、韩、燕七国，而秦国最强大，苏秦于是先到了秦国。秦孝公已经死了，就游说惠王说："秦是个四面山关险固的国家，为群山所环抱，渭水如带横流，东有关河，西有汉中，南有巴蜀，北有代马，这真是个险要、肥沃、丰饶的天然府库啊。凭着秦国众多的百姓，训练有素的士兵，足以用来吞并天下，建立帝业而统治四方。"秦惠王说："鸟儿的羽毛还没长丰满，不可能凌空飞翔；国家的政教还没有正轨，不可能兼并天下。"秦国在杀了商鞅之后，一直讨厌外籍游说之士，因此没有理睬他。他只好离开秦国，到东方活动。在他的心里，开始酝酿一个宏大的想法：将东方六国联合起来对付秦国，也即"合纵"之说。

他先到了赵国，但是赵国这时由赵肃侯的弟弟奉阳君执政，奉阳君并不喜欢他的一套说教。他只好又离开赵国，到了燕国。在燕国等了一年多，燕文侯才接见他。他对燕文侯先分析了燕国地理位置的优越，称燕国为天府之国。然后接着说："当今天下，能够安然无事，没有军队倾覆和将士丧身之灾的，没有比得上燕国的了。可是大王知道这是什么原因吗？燕国没有遭受外寇的侵扰，是赵国在西南面作为屏障的缘故。因此，希望大王能与赵国亲近，然后使东方六国都联合起来对付秦国，燕国就安然无恙了。"燕文侯说："你说的倒是可以，只是我国弱小，无力承担大业。你一定想联合各国而使燕国安定，寡人请以国家相从。"于是用他做相，资助苏秦车马与财物，到赵国继续活动。

这时赵国奉阳君已经死了，苏秦便直接见赵肃侯。他先奉承赵肃侯说："天下的卿相大臣和布衣之士，都崇拜贤君的德行，早就想向大王贡献智谋和忠心，只是从前奉阳君妒贤嫉能，而大王又不管事，因此宾客谋士没有机会向大王诉说衷肠。现在奉阳君已经故去了，大王才重新与臣民接近，臣也才敢进献自己的浅见。"

然后，他分析了赵国的形势，说："我以为，作为君主，没有什么比国泰民安更重要的了，而要想国泰民安，就得搞好外交。请让我先谈谈赵国的形势：如果齐国、秦国成为赵国的劲敌，赵国人民将不得安宁。当今东方诸国没有强过赵国的。赵国土地四边都有二千余里，甲兵数十万，兵车上千辆，骑兵上万骑，粮食可以支付数年。西有常山，南有漳水，东有清河，北有燕国。燕国是弱国，不足畏惧。秦国在诸侯中最害怕的是赵国，然而秦国不敢轻易攻打赵国是因为什么呢？是担心韩国和魏国在旁边打他们的主意，韩、魏就自然成为赵国的屏障。秦国攻打韩、魏，没有高山大川的阻碍，只要逐步蚕食，就接近他们国都了。韩、魏敌不过秦国，必定对秦国称臣。秦国没有韩、魏之忧，灾祸就将降临赵国了。这是臣认为的大王的最大外患。"他接着又激励赵肃侯自强，联合东方国家对付秦国："臣暗自按天下的版图计算，诸侯之地是秦国的五倍，诸侯的兵力超过秦国十倍，如果六国联合在一起，合力向西攻秦，秦国一定破败。可是赵国现在却面朝西方，打算臣服于秦国。攻破别人与被人攻破，使别人臣服与向别人臣服，这两种结果怎么能相同呢！因此臣暗自替大王考虑，不如联合韩、魏、齐、楚、燕而立盟，背离秦国。六国联盟来对付秦国，那么秦国就一定不敢出函谷关为害东方各国了。这样，赵国的霸王之业就形成了。"赵王听了很兴奋，说："寡人年轻，在位时间短，还未曾听到过国家的长远大计。今天贵客有存抚天下，安定诸侯之志，寡人请将国家相托付。"也用他做相，又给了他百辆车子，以及众多黄金和宝物，让他再同其他诸侯联络。

苏秦接着又说服了韩、魏、齐、楚等国，于是东方六国结成抗秦联盟，苏秦任盟长，身挂六国相印。

苏秦北上向赵王复命，途中经过洛阳，随行的车辆马匹满载着行装，各诸侯派来送行的使者很多，气派比得上帝王。周显王听到这个消息感到害怕，赶快找人为他清除道路，并派使臣到郊外迎接慰劳。苏秦路过东周时，回到家中。家中人都不敢仰视他，妻、嫂跪在地上进奉饮食。苏秦笑着对嫂子说："为什么当初对我不礼貌，今日却这么恭敬呢？"

嫂子说："是看弟弟地位高，金子多呗！"

苏秦很有感慨地说："同是一个人，富贵了亲戚就畏惧，贫贱了就瞧不起。亲戚尚且如此，更何况一般人呢！"于是将上千两黄金都散给了亲戚朋友。

回到赵国，赵肃侯封他为武安君。由于有六国的联盟，秦国十几年没有出兵函谷关。后来秦国逐步离间六国，派人诱骗齐、魏与秦国共同攻打赵国。赵肃侯为此很恼火，谴责苏秦。苏秦很害怕，假借联系燕国来报复齐国为由，离开了赵国。苏秦离开赵国后，六国联盟便告解散。

苏秦到了燕国后不久，秦惠王将女儿嫁给燕太子。燕文侯死后，燕太子即位，他就是燕易王。燕易王刚即位，齐国便乘燕国有丧事而发兵侵略，获得燕国十座城池。易王找来苏秦，说："当初先生到燕国时，父王资助先生见赵王，成全了先生。今天齐国背约，先攻赵，又侵燕，我国由于先生的缘故被天下人耻笑。先生是否能为燕国取回十城呢？"苏秦深感羞愧，答应为燕国取回十城。

苏秦到齐国见到齐王，先拜了两拜，然后低头祝贺胜利，又抬头吊唁不幸。齐王感到奇怪，问："为什么庆贺又吊唁呢？"苏秦说："臣听说，饥饿的人虽然饿得要死，却不吃乌喙（一种毒草），是因为用乌喙充饥虽然暂时饱了，却马上会毒死，与饿死同样可悲。现在燕国虽然弱小，但燕易王毕竟是秦王的女婿。大王贪图燕国十城，将导致与强秦为仇。如果弱小的燕国首先出兵进攻，秦兵接踵而至，从而招来天下的精兵，那么齐国岂不是同人饿了吃乌喙充饥一样吗？"齐王一听，马上变了脸色，忙问："那么该怎么办呢？"苏秦说："臣听说，古代会办事的人善于把祸转化为福，把坏事变成好事。大王如果能听臣的计策，就立即把十城还给燕国，燕国轻易取回十城，一定很高兴。秦王知道了齐国是由于自己的缘故才还给燕国十城的，也一定很高兴。这就是所谓抛弃仇恨而取得友情。燕国和秦国如果都维护齐国，那么大王一旦发号施令，谁敢不听？这样，大王用虚辞迎合了秦国，在实际上是用十城取得了天下，这是取得霸王之业的基础呀！"

齐王说："好。"于是将十城还给了燕国，撤回驻军。

燕国有人在燕易王面前谗毁苏秦说："苏秦是个反复无常而卖国的小人，早晚会作乱的。"因此苏秦回到燕国后，易王没有恢复他的职位。苏秦很担忧，主动见易王，说："臣本是东周一个浅薄的人，没有半点功绩，大王却重用了我。现在臣为大王取回十城，退了齐兵，按理应该更被亲近，可是回来后没有恢复官职，一定是背后有人中伤我，说我不忠诚。臣如果不忠诚，倒是大王的福气。臣听说，忠诚是为了维护自己，勇于进取才是为了别人。假如有像曾参（孔子弟子）那样孝顺，伯夷（殷代孤竹国公子）那样廉洁，尾生那样忠诚的三个人事奉大王，大王觉得怎么样？"易王说："那就足够了。"苏秦说："如果像曾参那样孝顺，就不能离开父母在外呆一宿，大王又怎能使这样的人步行千里来侍奉君王呢？像伯夷那样廉洁，遵行操守而不愿做孤竹国君的继承人，殷朝灭亡后又不肯做周朝的臣子，饿死在首阳山下，君王又怎能使这样的人步行千里而到齐国出使呢？像尾生那样忠诚，与女子约好时间在桥下会面，女子不来，大水突然流下，仍然不离开，抱着桥柱子淹死，这样的人君王又怎么能让他步行千里去说退齐兵呢？这也就是臣所以得罪大王的原因啊！"燕易王问："如果忠诚无用，那么难道有因为忠诚而获罪的吗？"苏秦说："是的。臣听说，有个人远离家乡出外做事，妻子却在家与别的男人私通。当丈夫将要回来时，那个男人很忧虑。女人便对他说：'不必忧虑，我已经做好了毒酒等着他呢。'过了三天，丈夫果然回来了，妻子便让妾端着装有毒酒的杯子送给他。妾想说酒中有毒，又恐怕被女主人驱逐。想不说吧，又恐怕男主人被毒死。于是假装跌倒，将毒酒全洒了。男主人大怒，打了她五十竹板子。做妾的跌了一跤，洒了酒，使男主人和女主人都安然无恙，然而却不免挨打，这怎么能说忠诚没有罪呢？臣的过错，不也正好同这相似吗？"易王听了，说："先生请官复原职。"又和从前一样地信任他了。

后来苏秦由于别的缘故，在燕国待不下去了，就找了个借口到了齐国。齐国用他做客卿。不久，齐国有人与苏秦争宠，派人暗中刺杀他，他身负重伤。苏秦临死前对齐王说："臣马上就要死了。趁着还没死，请大王将我在街上车裂（一种酷刑）示众，并声言说'苏秦替燕国祸乱齐国'，这样刺客就能捉到了。"齐王按他的话做了，刺客误以为自己已经没事了，就开始公开露面，齐王就派人把他捉到杀掉了。

◆战国时期是个社会大动荡的时期，各国诸侯都想富国强兵，需要有人为他们出奇谋，划良策。在这种形势下，一批说客辩士蜂拥而出，摇唇鼓舌，活动于列国之间，有的竟能左右一时的形势。苏秦不过是这些人中的一个典型而已，他们的外交智慧和论辩技巧，是一份宝贵的文化遗产。

# 7. 舌辩之士郦食其

郦食其：秦末陈留（今河南境内）人，好读书，关注各国局势。性格狂放，曾做过秦朝小吏，后来成为刘邦的谋士。他献策攻下陈留，使刘邦的西征军获得许多粮草和辎重物资，解除了后顾之忧。在楚汉两军相持苦战难解难分情势被动的局面下，他建议汉王夺取荥阳，占据敖仓，获得巩固的据点和粮食补给，为日后逆转形势反败为胜奠定了基础。

秦二世元年（前209），陈胜、项梁先后发难，起兵抗秦，一时间风起云涌，兵荒马乱。带兵巡行经过高阳发号施令的将领，犹如走马灯一般，居然达数十拨之多。郦食其知道机会来了，但他能沉得住气。他冷眼旁观，见那些将领们一个个卑微拘谨私心自用，知道他们只是过眼烟云，难成气候，便隐居不出。

后来，刘邦带兵攻打陈留到了郊外，此时的郦食其已经六十岁了，堪称是"书生老去，机会方来"。刘邦手下骑士恰好是郦食其的同乡，刘邦时常向他询问陈留一带有哪些贤豪。一次，骑士回家探亲，见到郦食其，郦食其对骑士说："我听说刘邦一向高傲自大，不过据你所说，他倒是足智多谋有大见识的人，这才是我愿意追随的人。您能不能帮我介绍一下？"骑士连声说:"那简直太好了!我已经向刘邦推荐过贤昆仲。刘邦最看重的就是老先生这样的奇才。没问题,包在我身上!"郦食其说:"你就说,我家乡有位郦生,是个有学问的读书人,六十多岁年纪,身高八尺,大家都叫他狂生,他自己却不认账。"骑士说:"刘邦不喜欢读书人。有些书生前来拜访,他生气了就不管不顾破口大骂。你老先生要以儒生的身份去见他,那可真是哪壶不开偏提哪壶了。"郦食其说:"你尽管按我说的那样转述就是,我自有计较。"骑士点头应允,他回营后,找个机会一五一十地把郦食其的话学了一遍。

刘邦得知后,召见郦食其。郦食其来到刘邦住所时,刘邦正叉着腿坐在床上,让两个女子给他洗脚。郦食其进门后见此情景,很不高兴,只是拱拱手,并不跪拜,说:"足下是想帮助秦朝攻打诸侯呢,还是要与诸侯击败秦朝呢?"刘邦见此人出言不逊,便骂道:"贱儒生!天下已经吃够了秦朝的苦头,因此诸侯群起而进攻秦朝,你却为什么说我要帮助秦朝攻打诸侯呢?"郦食其于是说:"如果一定要聚众惩治无道的秦朝,就不该傲慢地接见长者。"刘邦见他出语不凡,忙停止洗脚,站起来整理好衣冠,请他坐在上座,然后又向他道歉。郦食其这才同刘邦谈论起来,讲述了战国时的一些历史经验教训。刘邦听得入了神,特为他安排了酒席。酒席间,刘邦向他问起争夺天下的计策,郦食其说:"足下起事后,聚集的是乌合之众,散乱之兵,又不足万人,想凭借这样的人马攻秦,就像用手去探虎口一样。陈留这地方,是天下的要冲,城中又粮草丰足。我同陈留县令有交情,请让我去说服他投降。如果他不听,足下就发兵进攻,我做内应。"

刘邦于是让郦食其先回陈留，自己随后带兵进发，夺取了陈留。陈留城的攻取，对于刘邦以后的发展意义重大。在此之前，刘邦手下不足万人，而攻占陈留后仅归降于他的士兵就有一万多人。城中积蓄的大量兵器和粮草，不仅能充分保障军需供应，也为他招兵买马、扩充力量创造了有利条件。

更为重要的是，郦食其的出色表现，让刘邦认识到了读书人的重要性，从此不再鄙视读书人。后来刘邦称郦食其为广野君，成为刘邦创业初期的重要谋士之一，并且常派他作为说客出使各地。

刘邦先率军北上攻击开封之敌，然后千里转战，攻城掠地，步步西进。在攻克南阳、抢占武关之后，刘邦大军打开了由东南方向进入关中的门户。但在武关和咸阳之间，还有秦军的最后一道重要防线，名为峣关。峣关地形险要，易守难攻，驻有重兵把守。刘邦听从张良的建议，派郦食其等人前去游说守军投降。郦食其等人不辱使命，经过威胁诱惑，守关的将领答应投降。张良、郦食其等人又建议刘邦：趁秦军麻痹大意发动突然袭击，结果大获全胜。最后，终于兵临咸阳城下，秦王子婴见大势已去，只得献城投降，秦朝灭亡。

楚汉相争之际，刘邦在彭城战败，几乎全军覆没。各地诸侯纷纷背汉降楚，情势相当被动。为减轻压力，刘邦派郦食其去魏国游说魏豹。魏豹看不起刘邦，劝降没有成功。但郦食其却详细掌握了魏豹手下大将的情况。刘邦根据他提供的情况派兵攻打魏国，战事的进展果然十分顺利。

刘邦多次战败，一度心灰意冷，曾打算放弃成皋以东的地盘，与楚国讲和。郦食其却告诉他：王以民众为天，民以食为天，谁占有粮食谁就有获胜的希望。敖仓是天下粮谷的集散地，现在守敖仓的楚军战斗力低下，正好乘虚而入。

他分析天下形势，建议刘邦急速进兵，收复荥阳，占有敖仓的粮食，阻塞成皋的险要，堵住太行交通要道，扼制住蜚狐关口，把守住白马津渡。如此一来，就占据了有利地形，形成了克敌制胜的态势，天下人都会投靠我们的。

刘邦与项羽在荥阳一带对峙时，郦食其请求前往齐国，劝说齐国归顺刘邦。刘邦同意了他的请求。郦食其到了齐国，先问齐王："大王知道天下的归向吗？"齐王说："不知道。"郦食其说："大王如果知道天下的归向，齐国就可以存活；如果不知道天下的归向，那么齐国就难保了。"广齐王忙问："天下归向哪里？"答："归向汉（刘邦）。"又问："先生根据什么这么说？"郦食其答："汉王与项王当初合力攻秦，约定好先进入咸阳的就尊他为王。汉王先进入咸阳，可是项王背信弃义，不让汉王称王，只给他汉中之地。后来汉王起兵攻克三秦（旧秦地），讨伐项王，扶立各诸侯的后代，得到的城池都分给部下，得到的财物都分给士人，与天下人同甘共苦，因此英豪贤士都愿意为他做事，诸侯也纷纷归顺。项王背信弃义，对别人的功绩不记，却对别人的过错不忘。战胜的得不到赏赐，夺城的不被封地，不是项氏的人不被信任。虽然有被封侯的，但是印刻好后也舍不得交给。得到的财物堆积如山，却不分给部下。天下的人都背离他，英豪贤士都有怨言，没有人愿意为他卖命。天下的士人都归向汉王，同汉王共商夺取天下的大计。汉王征发蜀汉之兵平定三秦，渡过黄河，巡略上党之地，出井陉口诛杀成安君陈余，攻破北魏，一连攻下三十二城。这简直是蚩尤

(传说中的帝王)之兵,不是凡人力量所能达到的,是上天在福佑汉王。汉王现在已经占有敖仓的粮食,雄踞险要之地。天下后归顺的将首先灭亡。大王应该尽速归顺汉王,齐国才可以幸存。不归顺汉王,危亡之日就临近了。"齐王田广听他这么一说,答应归顺刘邦,而且撤除了东部的守备,与郦食其终日畅饮。

刘邦在派郦食其之前,还曾命令尚在赵地的韩信率兵东进,夺取齐地。韩信在东进途中,听到了郦食其已经说服齐国投降的消息,就准备停止前进。谋士蒯通对韩信说:"难道是汉王下令让停下来吗?为什么不乘机攻齐呢?"韩信于是渡过黄河,袭击齐国。齐王听到此消息,以为郦食其出卖自己,便对他说:"你能让汉军撤退,我让你活,不然,我将烹(一种酷刑,放在水中煮死)了你!"郦食其镇定地说:"成就大事就不能顾小节。你就不用再多说了。"齐王于是烹了郦食其。

韩信乘虚攻入齐地,又经过一番战斗,征服了整个齐国,齐地从此归汉王刘邦所有。可惜的是郦食其成了牺牲品。

◆郦食其这位著名的舌辩之士,为兴汉大业做出了巨大贡献。他献策攻下陈留要地,解除了刘邦西征大军的后顾之忧;他建议夺取荥阳,占据敖仓,获得巩固的据点和粮食补给,为刘邦反败为胜奠定基础。他单骑出使齐国,游说齐王田广归顺,不战而得70多座城池,更是不世奇功。最后却因为韩信争功,惨遭油烹,实在令人扼腕叹息。

# 8. 不辱使命的屈完

屈完：春秋时期楚国大夫。齐桓公称霸，控制了华夏诸国，唯有南方强大的楚国还未顺服，于是率领齐国和诸侯的军队先征伐了与楚国友好的蔡国，然后又向楚国进军。楚成王虽然拥有雄厚的国力，但面对诸侯国的大军，也很恐惧，于是派大夫屈完前往见齐桓公，首先进行外交斗争。

公元前656年，齐桓公率领八个诸侯国进攻蔡国，蔡国被击溃，便讨伐楚国，楚成王派大夫屈完去见齐桓公。桓公听说屈完来了，就派宰相管仲接见他。

屈完问："贵国处于北海边，敝国处于南海边，相隔遥远，即使是放牧走失的牛马都不会相遇。万没有想到，贵国的大军竟然踏入敝国的土地，这到底是为什么呢？"

管仲说："我们都是周初封的诸侯国。但是当初成王的太保召公奭对我齐国开国之君太公望说：'凡是诸侯，有不服从天子的，你都可以征讨，以此辅佐周王室。'给了我先君以征伐四方的权力。可是你们不按时贡纳周天子需要的包茅，使得周天子祭祀时无法滤酒，我们国君要追究此事。从前昭王乘船南巡，被淹死在汉水，我们国君对此事也要追究。"

管仲是代齐桓公说话的，而齐桓公当时就是以辅佐天子的名义来控制诸侯的。他对楚国的指责,都是为讨伐楚国找借口。所说的周昭王淹死一事,与楚国国君并没有关系。周昭王在晚年昏聩,人民恨他,当他巡行于汉水之上时,当地人民故意弄了一只用胶粘的船给他,船至江心解体,昭王就淹死在汉水。

屈完听了指责,不卑不亢地说:"不按时贡纳包茅,这是我们君主的过错,我们怎敢再不供给?至于说昭王淹死在汉水的事,请您去到汉水之滨询问吧!"说完便告辞返回,向楚成王汇报,楚国开始加紧备战。

诸侯大军向前推进,在陉山驻扎下来,楚成王便命屈完为将前往迎敌。为了尽量避免战争冲突,屈完奉成王命令再次来到齐师中,做最后一次外交努力。齐桓公为了显示齐师的威武,震慑楚国,就亲自接见屈完,同他共乘一辆军车检阅诸侯之师。但见诸侯之师兵强马壮,刀枪林立,旗幡招展,鼓声震天,好不雄武!

齐桓公洋洋自得地对屈完说:"用这样的军队作战,有谁能抵挡得了!用这样的军队出击,有什么样的城池攻不下来!"

屈完微微一笑,镇定地说:"您如果以仁德安抚诸侯,谁敢不服?您如果凭借武力,楚国将以方城山作为城墙,以汉水作为护城河,拼死抗御,齐师再雄武强大,也无济于事!"齐桓公见屈完不卑不亢,心里很佩服。他也知道,楚国地大物博,实力雄厚,又有了作战准备,如果真的发动战争,齐师与诸侯之师也未必全胜。况且,此次出兵主要是显示一下威力,本来也没有决战的打算,于是对屈完说:"我这次率兵前来,哪里是为了我个人的荣耀呢?只是为了继承两国先君建立的友

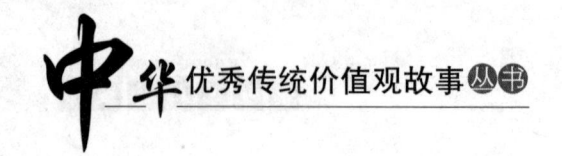

好关系啊！楚国与齐国共同友好，如何？"

屈完忙说："如果您能对敝国施以恩惠，对我们国君宽容，那是我们国君所希望的。"屈完就在齐桓公主持下，与诸侯订立了盟约，双方退兵，化干戈为玉帛。

◆屈完与齐桓公的对话，表现了屈完作为当时大国楚国使者的气度和风范。面对多个诸侯国的军队的强大阵势和齐桓公咄咄逼人的威胁言语，屈完从容应对，表示只服德而不服力：齐国有强大的实力，若能修德以服诸侯，谁都不敢不服；若光凭借武力，楚国就"方城以为城，汉水以为池"，绝不会屈服，并指明胜败未可知的结果，使齐国也不敢轻举妄动。齐楚之间的语言交锋，表现了齐、楚两个大国之间斗智斗力的曲折复杂过程。

# 9. 烛之武退秦师

烛之武：春秋时期郑国人。公元前630年，秦、晋合兵围郑，烛之武前往秦营之中，向秦穆公陈说利害，终于使得秦穆公放弃了攻打郑国的打算，拯救郑国于危难之中。

春秋时，晋侯（文公）和秦伯（穆公）率兵围攻郑国都城。郑国危在旦夕，郑伯手足无措。这时大夫佚之狐对郑伯说："如果派烛之武去见秦伯，就能使围兵撤退。"于是郑伯派烛之武出使秦军。

烛之武乘夜间出了城，到秦军中见到秦伯。他对秦伯说："秦、晋围攻郑国，郑人知道要亡国了。如果灭亡了郑国对君王有好处，就请麻烦您手下人了（意思是说您就下手吧）。不过，越过一个国家（秦与郑之间隔着晋国）来占领远方的土地，君王知道这是很困难的事。为什么要用灭亡郑国的办法来增强邻国（暗指晋国）的势力呢？邻国势力增强了，相对来说君王的势力就减弱了。如果放弃郑国，而把郑国作为东方道路上的主人，当贵国使者往来于郑国途中时，郑国可以供给吃的住的和用的，那么对君王也没有什么坏处。再说，君王曾帮助晋侯回国，他答应给秦国焦、瑕两块地方，可是早晨渡过了黄河，晚上就开始在那里修筑防御工事，这是君王记得的。晋国

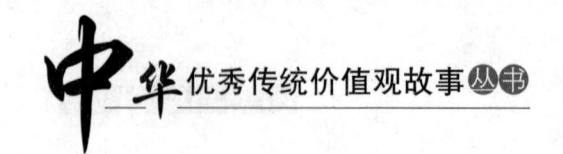

哪里有满足的时候呢？占领东方的郑国之后，必然还要大肆向西方扩张土地，如果不损害秦国，又到哪里去获取呢？用损害秦国的办法来使晋国得利，这事希望君王留心。"

烛之武详细分析事情的利弊，又加上挑拨离间，说服了秦伯。秦伯于是留下一些将士戍守郑国，就率大军回国了。晋侯见此形势，觉得再坚持下去没什么意思了，于是也率军撤退了。

烛之武对秦伯的一番言辞，使秦、晋围兵不战而自退，挽救了郑国灭亡的命运。古语说："三寸之舌，强于百万之师。"说的也就是这种情况。

◆烛之武是一个智勇双全的人，他在说秦伯之前，只是郑国的一个小小的养马官，有着怀才不遇的愤怨，但在郑国危难之际，挺身而出，只身去说秦伯，足见其义勇。说秦伯时，他只字不提郑国利益，而是站在秦国的立场上，分析亡郑对晋有利，而存郑对秦有利。晓之以理，动之以利，运用智慧最终化解了郑国的危难。他是一个有义有勇有智谋的爱国之士。

# 10. 皇武子妙语驱秦将

皇武子：姓不详，皇氏，谥武，春秋时期郑国的卿。

秦伯（穆公）从郑国撤兵时，留下杞子、逢孙、杨孙等将领戍守郑国都城。过了二年，郑国人将城北门的钥匙交给了他们。杞子便派人回国报告秦穆公说："郑国人让我们掌管北门的钥匙，如果偷偷地派大部队来，郑国都城唾手可得。"秦穆公起了贪心，不顾大臣阻挠，派孟明、西乞、白乙三将率军偷袭郑国。

郑穆公偶然听到这个消息，便马上派人前往杞子部队的驻地察看，发现他们已经在整装、磨砺兵器、喂马。郑穆公便派皇武子前往交涉。皇武子对杞子他们说："贵客在敝国待的时间很长了，只是敝国粮食和肉干已经用光了。现在贵客就要上路了，郑国有个原圃（yòu）就像秦国有个具圃一样，贵客可以自己到那里猎取一些麋鹿带上，好让我们歇口气，怎么样？"

这一通话是向秦人暗示：我们已经发现你的阴谋，而且有了防备，你们如果知趣就赶快滚蛋，否则就不客气了。秦人明白其中意思，于是杞子逃往齐国，逢孙、杨孙逃往宋国。正在路上的孟明、西乞、白乙等人听说这一消息，也率军掉头回国。

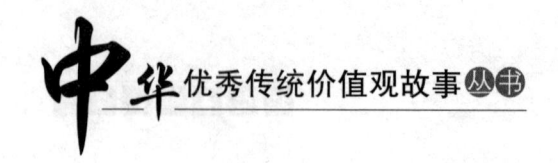

◆孔子的学生子贡曾说过:"出言陈词,身之得失,国之安危"。意思是说,语言不只是个人的事情,它还会关系到国家的安危。皇武子就让我们感受到了"一人之辩,重于九鼎之宝;三寸之舌,强于百万之师",力挽狂澜,解国家于危难之中的巨大语言力量。

# 11. 楚归晋知䓨

知䓨：亦称"荀䓨""知武子"，晋国大夫，荀首之子。前597年邲之战中为楚军俘虏，被囚九年，后被交换回国。归晋前答楚共王，不卑不亢，使共王感叹"晋未可与争"。鄢陵战后合齐鲁兵伐郑失败。悼公即位后任上军将，再次伐郑，从仲孙蔑之谋，筑城于虎牢，使郑国不敢复贰于楚。知䓨本是春秋时期晋国一位无足轻重的小人物，因为有一番面对楚王百般习难时的慷慨陈词而名垂青史。

春秋时，晋国和楚国战后交换俘虏，楚国将释放晋将知䓨（yīng）。楚王问知䓨："您怨恨我吗？"知䓨答："两国交战，臣因无能，没有胜任职守，成了俘虏。君王手下人没有杀掉我来祭祀钟鼓，让我回国受制裁，这是君王的恩惠。臣实在无能，又敢怨恨谁呢？"

楚王又问："那么感激我吗？"

知䓨答："两国交换俘虏，都是为了自己的国家，想让百姓缓口气，各自抑制自己的愤怒，互相原谅，结为友好。两国友好，臣也不曾参与其事，又能感激谁呢？"

楚王又问："您回去后，究竟该如何报答我呢？"

知䓨答："臣说不上有什么怨恨，君王也说不上受什么感

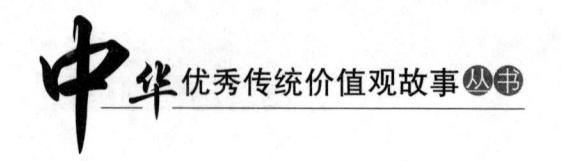

激，没有怨恨也没有感激，我不知该报答什么？"

楚王不罢休，继续说："尽管如此，一定要把你的想法告诉我。"

知䓨于是说："托君王的福佑，作为囚徒的我能把这把骨头归回晋国。如果我们君王杀了我，我将死而不朽；如果由于我们君王的恩惠而赦免，把我交给父亲，父亲经请示把我在宗庙中杀掉，我也死而不朽；如果父亲的请示未被批准，而让我继承父业，按次序承担晋国的政事，率领军队治理边疆，虽然碰上大王的人，我也不敢背离职守，将竭尽全力，以至于战死，没有别的念头，这就是我对您的最好报答了。"楚王听了，对自己臣下说："晋国是不能和它争强的，"于是对他厚礼相待，放他回国。

知䓨虽然暂时寄人篱下，但不徇私情，不卑不亢，显示了作为一个晋人的风采，博得了楚人的尊重，也为晋国赢得了名誉。

◆知䓨在答楚王问时选择了以国家利益为立足点这一合理的价值取向，作为外交辞令的核心。义正词严，无懈可击。表现了一个忠臣恪守的做人原则，其外交辞令始终蕴含着张扬的人格魅力，如果完全以为知䓨是灵机一动，随机应变地在玩外交辞令和技巧，这并不完全对。他所打的国家利益的牌，既是一种技巧和策略，同时也是合乎情理的真实观念。楚王不但无言以对，而且从中洞察出晋人的一种民族精神，并为此精神所感动。所以楚王说："晋人不能与他争斗"，并以重礼送知䓨归晋。

# 12. 谅毅出使答秦王

谅毅：战国时赵国辩士，使秦，有应对之才。

战国时，秦昭王发兵攻打魏国，夺取了宁邑。各国诸侯为了巴结秦国，都争先恐后前往祝贺。赵孝成王也派了使者前往祝贺，但连去了三次都未被接见，返回赵国。赵王很忧虑，对左右大臣说："秦国日益强大起来，攻占了魏国宁邑后，就直接威胁到齐国和赵国。诸侯都派使者祝贺，我也派了使者去祝贺，而秦王偏偏不接见我的使者，这就意味着秦国一定要发兵攻打赵国，这可怎么办呢？"

有一个大臣说："我们的使者去了三次都被拒之门外，一定是所派的使臣不是最好人选。我知道有个叫谅毅的人，是个辩士，大王可以试用他，派他出使秦国。"

赵王同意了，派谅毅出使秦国。谅毅到了秦国，先将给秦王的图书和礼物交给秦国的有关官吏，并请他转告秦王说："大王扩张土地，攻取了宁邑，诸侯因此都来祝贺。敝国寡君也想祝贺，不敢疏忽，派下臣携带礼物三次来到王廷，但都没有被接见。如果赵国没有什么过错，愿大王不要拒绝赵国的心意。"

秦王听了下臣的汇报，就令他向谅毅再转达自己的旨意，

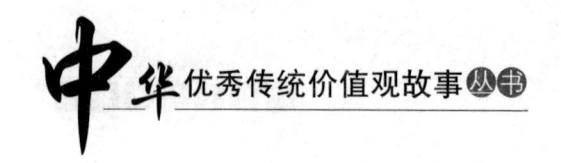

说:"我对使者所希望的,是大小之事都听我的话,那么我就接受国书和礼物,接见他。如果不听从我的话,那么来使就请回去吧!"

谅毅马上回复说:"下臣到秦国来,自然是想顺承大国的意旨,哪敢有丝毫的违抗呢?大王如果有什么吩咐,下臣就奉命而行,不敢有什么犹豫。"

秦王于是在宫廷里召见了谅毅,秦王对谅毅说:"赵国的赵豹和平原君曾多次欺侮耍弄寡人,赵国如果能杀掉这两个人,秦国就可以同赵国友好;如果不能杀掉这两个人,寡人就要率领诸侯大军到邯郸城下领教了。"

谅毅一听,秦王这是在无理要挟,于是不卑不亢,据理辩驳。他说:"赵豹、平原君是赵惠文王的一母同胞兄弟,就如同大王有亲兄弟叶阳君、泾阳君一样。大王以孝治国,名闻天下,有好吃的好穿的从来都分给叶阳君、泾阳君。叶阳君、泾阳君的车马用具,没有不是大王给他们的。臣听说:'有覆巢毁卵而凤凰不翔,刳胎焚夭而麒麟不至。'不行仁义的地方,神是不会降福的。如果下臣接受了大王的旨意回去转告赵王,赵王畏惧秦王的威严,不敢不执行大王的旨意。但是这样做了,恐怕也会让叶阳君、泾阳君寒心的吧!"

秦王沉默了片刻,说:"你说的不无道理。好吧,那就改为不让赵豹、平原君从政吧!"

谅毅于是说:"敝国国君不能对同母之弟教诲,以至得罪大国。我回去就将大王旨意转告赵王,不让赵豹与平原君参与政事,以顺大王之心。"

秦王听了很高兴,接受了赵国的礼物,以隆重的礼节送谅毅回国。

◆谅毅能言善辩，说辞精妙委婉，语言策略周密，语言艺术惊人。在劝说秦王过程中，他都能紧紧抓住对方心理特点，以利诱之，以理服之，以情动之，理利相济。最后将对方说服——秦王很高兴，接受了赵国的礼物，以隆重的礼节送其回国。

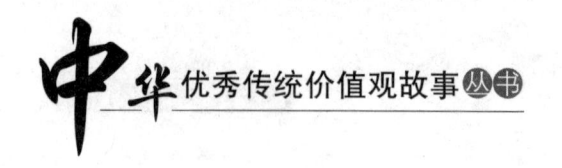

# 13. 范雎游说做秦相

范雎：字叔。战国时魏人，公元前266年出任秦相，辅佐秦昭王。他上承孝公、商鞅变法图强之志，下开秦皇、李斯统一帝业，是秦国历史上继往开来的一代名相，也是我国古代在政治、外交等方面极有建树的政治家、谋略家，以有雄辩的口才而闻名。对秦的强大和统一起了重要作用。

范雎原在魏国大夫须贾手下做事，后来无意中得罪了须贾，也得罪了魏国宰相魏齐，被他们侮辱、折磨得几乎死去，扔进了厕所。他逃出后，跟随秦国使者到了咸阳。秦国使者向昭王汇报完之后，顺便说："魏国有位范雎先生，是天下一流的辩士。他说'秦国危若累卵，而得到臣就可安定。然而不能仅以书面相告'，臣因此将他带了回来。"秦国当时很讨厌外来人，因此秦王听了之后也没放在心上，只是答应让他留在宾馆中待命，让人只供给他粗茶淡饭。范雎在宾馆中一住就是一年多。

当时秦国大权掌握在宣太后手中，她又重用自己的弟弟穰侯做宰相，还有昭王的弟弟泾阳君、高陵君，与穰侯轮流做将军。等到穰侯做将军时，他想越过韩国、魏国去征伐齐国，目的是为自己扩大封地。范雎于是向昭王上书，表示有大计相告,欲见昭王一面。昭王便派车将他接入宫中,准备在离宫召见他。

范雎进入离宫,昭王还没到,他就随便走来走去。突然昭王进来,宦者赶忙撵他,说:"大王驾到!"范雎便故意说:"秦国哪里有什么王啊!秦国只有太后和穰侯罢了!"想以此激怒昭王。昭王到了之后,见范雎与宦者争执,便喝退宦者,迎范雎进入堂上坐下,然后道歉,屏退众人,直起上身恭敬地说:"先生有何高见教导寡人呢?"

范雎只是应道:"嗯,嗯。"昭王再度请教,范雎仍是"嗯,嗯"地答应。如此三次,昭王还是恭敬地说:"先生最终不愿教示寡人吗?"

范雎说:"我不敢这样,臣听说当初吕尚遇到文王的时候,他只是作为一个渔夫在渭水之滨垂钓而已,其间交情尚疏远。一当文王虚心听取吕尚谈论治国道理而立他为太师,用车将他接至宫中,其间的交谈便深入了。因此文王能够借助于吕尚的智慧最终夺取了天下。假如当时文王一直疏远吕尚,不与之深谈,那么周文王、周武王就没有可能成就王业。现在臣是个客籍之臣,同大王的交情不深,而我想陈述的却都是匡正大王所为的大事,而且自身处于别人家骨肉亲情之间,愿效愚忠却不知大王的心思如何。这就是大王三次发问,而我却不敢贸然应对的原因。我不是因为害怕死而不敢说话,即使今天讲了,大王真的实行了我的主张,我明天就被杀也算不上是什么灾难。当年伍子胥藏在牛皮袋子里逃出韶关,昼夜伏行,没有吃的,跪着行,爬着走,在吴国街市上讨饭,可是最后终于辅佐吴国兴盛起来,使吴王阖庐称霸天下。如果我能像伍子胥那样完全实现自己的计谋，发挥自己的智慧，使秦国得到治理，就是事后被囚禁起来，终身不再露面，以至被处死，我也心甘情愿，无所顾忌。臣所害怕的，是臣一旦死了，天下人见臣是因尽忠而死，因而从此闭口不言，裹足不前，没有人再肯到秦国效力了。臣所担心的，是大王一直对上畏惧太后的威严，对下被奸臣的言行迷惑，身居深宫之中，离不开女保的照顾，终身愚昧不明，不能洞察奸邪之人，这样，轻者会使自己孤立无亲，重者则会使国家覆灭。"

秦王见范雎如此诚恳，很感动，便十分恭敬地说："秦国地处偏远，寡人愚昧不贤，可是先生并不嫌弃，光临敝国，这是上天有意让寡人打扰先生，以保存先王的宗庙啊！寡人能够受先生教诲，是上天宠幸先生，而且不抛弃寡人的缘故啊！从今以后，事情无论大小，上至太后，下至大臣，希望先生都对寡人指教，不要对我有什么疑虑！"

范雎见秦王被自己的话打动了，又对自己如此敬重，就向秦王拱手拜了一拜，秦王也还了礼。范雎开始涉及正题，他说："大王的国家，四面都有天然屏障，北有甘泉、谷口，南有泾、渭二水，右有陇山、巴蜀之险，左有函谷、商固孤之厄；又有勇士百万，战车千辆，有利就可以出击，不利就可以退守，此乃王者之地啊！人民羞于私斗而勇于为国而战，此乃王者之民啊！大王兼有这两种优势，制服诸侯就如同用名犬'韩卢'追猎跛兔一样容易，霸王之业指日可待。可是秦国十五年来闭关自守，不敢对函谷关以东诸国用兵，这是因为穰侯为秦国谋事不忠，也是因为大王策划有失啊！"

秦王一直聚精会神地听着，当范雎点出自己有失误的时候,连忙问:"寡人愿意听一听失误的地方在哪里。"

范雎看到秦王虚心求教,就想把自己对治理秦国的想法都谈出来,但他发现有人在暗处窃听,心中不免害怕,不敢谈宫中的事,准备先谈朝外的事,也可以先观察一下秦王的反应。于是进言:"穰侯要越过韩国、魏国进攻齐国,不是好计策。少出兵不足以损伤齐国,多出兵则秦国受不了。臣猜想秦国是想少出兵,而让韩、魏两国出动全部兵力,这样做是不适宜的。现在已经明知盟国与秦国关系不是紧密的,又越过别人的国家去作战,这怎么能行呢?这种计划漏洞太多了。从前,齐军讨伐楚国,打败了楚军,杀死了不少楚将,深入楚地上千里,而最终没有得到尺寸土地。这是怎么回事呢?难道齐国不希望得到土地吗?只是因为形势不允许罢了。诸侯见齐国因攻楚而疲惫,君臣不和,就乘机伐齐,大破齐国。军士感到屈辱,都归罪他们的大王,指责说:'是谁提出攻楚的主意的?'齐王说:'是文子提出的。'于是大臣作乱,文子被迫出走。齐国之所以被诸侯打败,是因为齐国伐楚没有得到实惠,反而肥了韩、魏两国。这就是俗话说的:借给强盗兵器,送给小偷粮食。大王不如远交而近攻,得一寸土地就是一寸土地,得一尺土地就是一尺土地。现在却想放弃这一战略,欲近交而远攻,不是糊涂吗!从前中山国是赵国的邻国,赵国吞并了它,大功告成而威名树立,各个诸侯却不能对赵国怎么样。"

秦王便说:"寡人敬听尊教。"于是封范雎为客卿,发兵攻打魏国,取得怀县、邢邱,魏国请求依附秦国。

范雎一天天接近秦昭王,昭王也日益信任范雎。范雎一连任客卿多年,便乘机又向昭王进言:"臣住在函谷关以东的时候，听说齐国有田单，没有听说过齐王。听说秦国有太后、穰侯、泾阳君、华阳君，没有听说有大王您。握有国家大权，能独立处理国家大事的应该是王，掌握赏罚与生杀大权的也应该是王。如今太后独断专行，不顾大王；穰侯派遣使者，也不向大王请示。泾阳君、华阳君处理事情也毫无顾忌。秦国有这四人专权，早晚要灭亡。大王屈居于他人之下，就等于不是大王了。既然这样，国家的权柄怎能不丧失呢？命令怎能从大王这里发出呢？我听说，善于治国的国君，对内要加强自己的权威，对外也要重视自己的权力。现在穰侯派遣的使者掌握了大权，分割诸侯领土，擅自向各国用兵，征伐敌国，秦国没有人敢不听从他。战胜了敌国，攻下了城池，战利品就送到了穰侯的封地陶邑。这样下去，秦国就会一步一步地衰败下去，受诸侯的控制。如果打了败仗，百姓就会怨恨大王。有一首诗说：树上果子多了，就要压断树枝，树枝压断了，就要伤及树干；扩大他封地的人，定要危害国都；抬高大臣地位的人，定会鄙视国君。齐相淖齿专擅齐国大权，用绳子捆绑了齐闵王，吊在庙堂的屋梁上，一会就吊死了。穰侯执政，高陵君、泾阳君辅助他，他们心中也没有秦王，都是淖齿一类的人。臣见大王在朝中很孤立，担心大王的后代做不成国君了！"

　　秦王听了这番话，不寒而栗，立即废除了太后，把穰侯、高陵君、泾阳君都逐出函谷关以外。秦王对范雎说："从前，齐桓公得到了管仲，称他为仲父，现在寡人得到了先生，寡人也把先生当父亲一样看待吧！"于是封范雎为应侯，拜为秦相。

　　◆范雎由一个小人物而最终得到秦王的赏识、继而登上历史的舞台，完全是他自己谋划深远、口才杰出的结果。他设法和秦王见面后又故作姿态，用无数的典故渲染自己一心只为国家大计、不畏惧死亡和个人得失的人格形象，从而使自己与那些功利主义的说客、谋士们区别开来，让秦王感到确实是比苏秦、张仪等说客高出一个境界的人物，感到此人确实是个忠心谋国的大谋略家，故而对他另眼相看、言听计从。范雎的高明在于找到了比以往说客高明一等的游说方法。所以我们要想使自己受到他人的重视和重用，就必须想一些、说一些推陈出新、出类拔萃的谋略和话语。

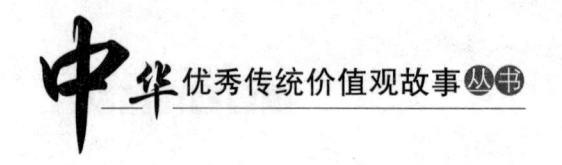

# 14. 陈轸妙语破谗言

陈轸：战国时纵横家，谋臣。秦国曾打败了韩国，韩臣公仲献计，用韩国的一座名城和一些兵器为议和条件，让秦国攻打楚国。楚国处在秦、韩联合进攻的情况下，陈轸向楚王献缓兵之计，韩王中计，派人与秦国断交。秦、韩大战，楚国坐山观虎斗。韩国大败，陈轸的缓兵之计运用成功。

陈轸离开楚国前往秦国，投靠到秦惠王门下。张仪和陈轸才能相当，又都在秦国做谋士，因此张仪嫉恨陈轸，乘机对秦王说："陈轸作为大王的臣子，却常把秦国的机密情报转告给楚王。陈轸是不可靠的，希望大王早些把他赶走。如果他想到楚国去，就把他杀掉！"

秦王说："陈轸怎么能到楚国去呢？"

张仪说："大王如果不相信的话，可以试着问问他离开秦国想到哪国去，如果他说想到楚国去，就说明他与楚国私通。"

秦王于是召来陈轸，问他："听说你要离开秦国，究竟想去哪国呢？寡人可以给你准备车马。"

陈轸一听这话，知道有人说了自己的坏话，秦王是想赶自己走，于是回答："臣想到楚国去。"

秦王很吃惊，说："无怪乎张仪说你要到楚国去呢，原来你果然是想去楚国。除了楚国,你还想到哪国去呢?"

陈轸说:"我离开秦国,只想到楚国去,这是顺应张仪所设的诡计,也是为了证明我到底是不是私通楚国。"陈轸接着给楚王讲了一个故事:"从前楚国有个人娶了两个妻子,都长得很漂亮。邻居家有个单身汉,常到他家来。他乘机勾引那个年长的妻子,遭到一顿臭骂。他又乘机勾引那年轻的妻子,年轻的妻子就跟他勾搭成奸了。过了没多久,这家男主人死了,有个人对那勾引别人妻子的人说:'假如你娶老婆的话,想娶那个年长的呢,还是娶那个年轻的呢?'那人毫不犹豫地说:'我当然要娶那个年长的。'又问:'年长的拒绝了你,年轻的答应了你,你为什么偏要娶那个年长的呢?'回答说:'从前是想勾引别人的老婆,自然求的是她答应我;现在我是娶老婆,自然是想娶骂过我的。骂过我的也一定忠于我,将来他还可以去骂别人。'"陈轸继续说:"如今楚王是贤明的君主,昭阳是楚国有才德的令尹,陈轸作为人臣,如果过去我常把秦国的机密情报转告给楚国,楚王和令尹昭阳必定以为我不忠,不肯收留我。如果楚国收留了我,就说明我过去在秦国所为是清白的。为了证明我的为人,只有到楚国去。"

秦王以为他说的有道理,就挽留住他,像以前那样很好地对待他。

◆陈轸在秦惠王对证张仪的话时,面对秦惠王突如其来的发问,是很难应对的。一般人都会立即予以否认,而机智的陈轸却没有这样做。他面对秦王的发问,没有否认,而是坦然地承认自己有离开秦国去楚国的想法。陈轸一开始的坦率回答,

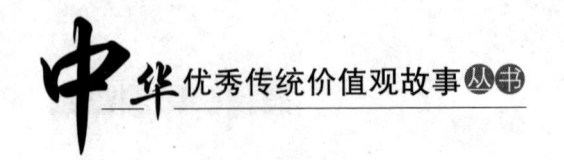

为后面的辩解铺垫了坦率的基调，从而证明自己对秦国的忠诚。秦王对陈轸的坦率抱有好感，又认为陈轸说得很有道理，因此打消了对陈轸的怀疑。

就这样，陈轸一席妙语，巧妙地化解了张仪的诬陷，使自己摆脱了严重的生存危机。

# 15. 齐貌辩游说齐王

齐貌辩：生卒年不详，战国时齐国靖郭君田婴的门客，其为人不拘小节，靖郭君田婴待之甚厚。齐威王死，宣王立，靖郭君田婴与宣王不合故辞归薛邑。后齐貌辩为靖郭君田婴往说齐王，用之为相，七日而辞相。

靖郭君田婴是齐国的贵族，齐貌辩是他得意的门客。靖郭君在齐威王时做宰相，很受信任。齐威王死后，齐宣王即位，靖郭君失宠，就辞去官职，带着齐貌辩回到封地薛邑。过了一段时间，齐貌辩向靖郭君辞行，要去见齐宣王。靖郭君劝阻说："齐宣王不喜欢我，先生去见他，必将遭到死罪。"

齐貌辩说："我此次去，本来不是准备求生的，请一定让我去。"靖郭君最终也没有阻拦住他。

齐貌辩到了都城，请求齐宣王接见。宣王满怀怒气等着他来见。齐貌辩来到宣王殿上，宣王问："你就是那位对靖郭君言听计从，很亲近的人吗？"

齐貌辩说："亲近的事是有的，言听计从倒说不上。大王还做太子的时候，我对靖郭君说：'太子长相不仁慈，腮宽眼邪，不如废掉太子，改立其他公子。'靖郭君流着泪说：'不能这样做，我不忍心。'他如果听了我的话，肯定不会有今日的遭遇。这是一件事。到薛邑后，楚人昭阳请求用数倍的土地交换薛邑，我劝靖郭君说：'一定要答应昭阳。'靖郭君说：'薛邑是从先王那里接受来的，虽然被后王（指宣王）厌弃，我却对先王如何解释呢？况且先王的宗庙在薛邑，我怎么可以将先王的宗庙交给楚人呢？'又没有听我的。这是第二件事。"

宣王听了很受感动，说："靖郭君对寡人原是这样啊！寡人年轻，一点也不知道这些。先生肯为寡人请回靖郭君吗？"

齐貌辩正是为此而来游说的，因此马上回答："遵命。"不久，靖郭君重新回到都城做了宰相。

◆在宣王面前，齐貌辩极力赞扬了靖郭君对宣王的仁德，历数了靖郭君不听自己劝谏大力支持宣王做太子、楚国昭阳君要换薛地，靖郭君以"先王庙堂在薛"严词拒绝的往事，使宣王大受感动并拜靖郭君为相。齐貌辩用玷污自己的方法来为靖郭君说好话，这样显得较客观，因此更有说服力。

# 16. 毛遂之舌强于百万之师

毛遂：战国时期薛国人（今山东省枣庄市人），年轻时游赵国，身为赵公子平原君赵胜的门客，居平原君处三年未得崭露锋芒。然而，公元前257年，也就是赵孝成王九年，他自荐出使楚国，促成楚、赵合纵，声威大震，并获得了"三寸之舌，强于百万之师"的美誉。

战国后期，秦国频繁进攻赵国，秦将白起围攻赵国长平，大败赵军，杀死和活埋赵军四十万人。第二年，秦军又分三路攻打赵国，占领了很多地方，最后包围了赵国国都邯郸。赵国形势危急，赵王于是派平原君赵胜出使楚国，向楚国求取救兵，并与楚国合纵（联盟）。赵王答应平原君可以带领二十名随从同往，随从成员全由平原君门客中文武兼备的人组成。

平原君回到家中，向门客宣布了出使楚国的消息，并说："我们这次去，只能成功，不能失败。如果文的能成功，那是最好了；如果文的不行，我们就来武的，逼迫楚王与我们定下合纵关系，发兵救赵。出使所需随从，全从门客中挑选。"

平原君手下门客有上千人，听了平原君的话，都摩拳擦掌，准备应选。可是平原君挑来挑去，只选中了十九人，其余的都没看中。这时有一个叫毛遂的门客，主动走向前来，自告奋勇，说："我是毛遂，听说使楚尚少一名随从，希望君就把我算上一个，不就够数了吗？"

平原君看了他半天，并不记得门下有此人，就问："先生在我赵胜门下做事几年了？"

毛遂答："在这里待了三年了。"

平原君说："一个有才能的人处于世上，就好比锥子处于布袋中，它的锋芒立刻就显露出来。先生在赵胜门下已经三年了，左右之人从没有向我称道过你，我也从没有听说过你的名字，这就说明先生没有什么大本事。先生不行，就留下吧！"

毛遂说："我今日就请处于布袋中。假如我早日得以处于布袋中，连锥身都要脱露出来，岂止是锋芒呢！"他说的意思，是如果有机会，自己早就才华毕露了。

平原君终于答应了他的请求。先已入选的十九人都觉得毛遂可笑，又不好意思笑出声来。在去楚国的路上，二十个随从常一起讨论问题，总是毛遂见解高明，因此那十九个人都很佩服毛遂了。

平原君带领二十人到了楚国。第二天，平原君就拜见楚王，与楚王谈判合纵，向楚王大谈合纵救赵的利害得失。可是楚王很为难，因为他害怕秦国事后对楚国进行报复，再说赵国邯郸已经岌岌可危，未必能挽救得了。因此，楚王一直支支吾吾，始终未答应。因此谈判从早晨到中午，仍无结果。在外面的二十个随从等得很着急，就都推举毛遂说："先生该上去了，助主人一臂之力的时刻到了！"

毛遂于是手按着剑柄，踏着石级大步而上，进入廷堂之上，对平原君说："合纵的利害，三言两语就可以说明白，将合纵的事定下来。可是从日出直到日当中午,仍然定不下来,到底是因何缘故?"

楚王见突然出现一个陌生人,便问:"客人是干什么的?"

平原君说:"他是我的门客。"

楚王于是呵斥道:"为何不快下去!我是在与你的主人谈判,你算干什么的!"

毛遂手按着剑柄,横眉怒目,向楚王面前走了几步,说:"大王之所以随意呵斥我,是依仗楚国人多势众。可是现在你我在这十步以内,大王就不能依仗楚国人多势众了,大王的性命全掌握在我的手中。我的主人就在眼前,你凭什么随意呵斥我?我听说过,当初汤文王凭借七十里之地而称王于天下,周文王凭借百里之地而称霸诸侯,哪里是靠士卒众多呢!今楚国拥有土地方圆五千里,武士百万,这是成就霸王之业的资本。如果凭借楚国的强大实力,充分发挥自己的威力,天下没有哪个国家可以匹敌。可是,白起只是秦国的一个小毛孩子,只带领几万人马,一战就攻下了楚国国都鄢郢、再战就火烧了夷陵,三战就摧毁了楚国先王陵墓所在地。这种世代难忘的怨仇,连赵国都为之感到羞辱,可是大王却不知痛心。赵、楚合纵抗秦,不只是为了赵国,也是为了楚国。我的主人就在眼前,你凭什么呵斥我!"

楚王被毛遂的威严和大义惊呆了,连忙说:"好吧,好吧,寡人从命就是了。"

毛遂追问:"楚、赵合纵的事能定下来吗?"

楚王点头说:"马上就定。"

毛遂于是命楚王左右之人取来盛有鸡、狗、马之血的铜盘，用双手捧着，跪在楚王面前说："大王是盟约之长，应当先饮，然后是我的主人饮，最后是我饮。"三人相继饮了血，又共同发了誓，合纵盟约就算成立了，楚王答应立即派兵救援赵国。

平原君带领随从回国，进入赵国境内时，想起当初对毛遂的偏见，很是过意不去。他当着众人说："我实在是有眼无珠，竟没有发现毛先生这样的人才。毛先生这次出使楚国，使得赵国大大提高了在诸侯中的威望。毛先生以三寸之舌，胜过百万之师！"从此把毛遂奉为高级宾客。

平原君返回赵国后，楚国派春申君率兵赴赵，魏国信陵君也假借君命巧夺晋鄙军救赵。秦军见邯郸久攻不下，又见楚、魏即将到来，就撤退回国了。赵国避免了覆灭的厄运。

◆毛遂是一个能言善辩的外交人才，他凭借自己的唇枪舌剑，陈述利害，豪气冲天，楚王终于答应派救兵去救赵国，避免了一场杀人屠城的惨剧。毛遂也因此声威大震，并获得了"三寸之舌强于百万之师"的千古美誉，可谓一战成名。

# 17. 鲁仲连批驳降秦论

**鲁仲连**：战国末期齐国人，亦称鲁连。今茌平人。好仗义助人，常为别人出谋划策，是战国末年齐国稷下学派后期代表人物，著名的平民思想家、辩论家和卓越的社会活动家。他少年师从稷下名士徐劫，十二岁即以"救急不救缓"立论，将齐国著名的辩士田巴驳得哑口无言终身不谈。曾三辩孟尝君，并令其折服。

鲁仲连不愿做官，他历游各地，后来到了赵国。

鲁仲连到赵国不久，正赶上秦军围困赵国都城邯郸。楚、魏虽然都派了救赵的援军，但由于害怕秦军，都不敢接近邯郸。魏国的援军由曹鄙率领，屯驻在魏、赵两国的边境地带。魏王还派了客将军辛垣衍潜入邯郸城中，见赵国的相国平原君，转达自己的意见。辛垣衍说："秦国发兵围攻赵国，不是一定要夺取邯郸。从前秦昭王与齐湣王争相称帝，后来齐湣王取消了帝号，秦昭王也不得不取消帝号。如今齐国日益衰弱，只有秦国称雄于世。秦王的意思是要重新称帝，如果赵王肯派使者去咸阳，尊奉秦王为帝，秦王肯定高兴，就会命令秦军从邯郸撤走。"平原君觉得尊秦为帝，就意味着投降称臣，此事关系重大，因此犹豫不决。

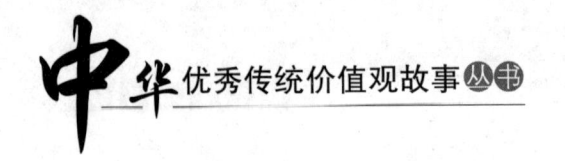

鲁仲连听说此事后，就见平原君，问："君究竟如何打算呢？"

平原君说："现在赵国形势危急，魏王派客将军辛垣衍让赵国尊秦为帝，现在他还没走。在这种形势下，真叫我难办啊！"

鲁仲连说："我从前一直认为君是天下的贤人，现在我才知道并非如此。辛垣衍在哪里？我去替君谴责他，让他赶快回魏国去。"平原君于是派人请来辛垣衍，介绍他们见面。

鲁仲连见到辛垣衍，先没有说什么。辛垣衍先开口说："我看住在这围城之中的人，都是有求于平原君的。可是我今天观察先生的尊容，不像是有求于平原君的，先生为何久久留在这围城中而不离去呢？"

鲁仲连说："周朝的隐士鲍焦德行高洁，因不屈从于浊污势力而自杀，可是世人都不了解他，以为他是由于心胸狭窄而死的，这是以小人之心度君子之志。那秦国是摒弃礼义而崇尚杀敌立功的国家，用权诈手段利用士人，像对待奴隶一样驱使百姓。秦王一旦称帝，由他统治天下，那么我鲁仲连宁肯跳东海而死，也不忍做他的顺民。我见将军，没有别的意思，就是想救助赵国，反对暴秦。"他坦率地谈出了自己的观点和意图，话锋中带有对辛垣衍的讥刺。

辛垣衍有点不好意思，便问："先生想救助赵国，有什么具体打算呢？"鲁仲连说："我将让魏国和燕国救助赵国，到那时，齐国和楚国也就自然救助赵国了。"辛垣衍说："让燕国救助赵国，我可以相信你会办到的。至于魏国，那么我就是魏国人，先生怎么能让魏国救助赵国呢？"

鲁仲连说:"魏国目前还不能坚决救助赵国,是因为魏国还没有看到秦王称帝的危害性。如果看到了,魏国就会毅然救助赵国了。"辛垣衍问:"秦王称帝的危害能到什么程度呢?"

鲁仲连说:"从前,齐威王曾推行仁义,给天下诸侯做表率,去朝见周天子,周朝贫困而且弱小,诸侯都不去朝拜,而齐国独自去朝拜。过了一年多,周烈王驾崩,诸侯都去吊唁,齐国去晚了,新立的周天子大怒,报丧的人对齐王说:'天子驾崩,连继嗣的新天子都要离开宫室,居丧守孝。而东方藩国之臣田婴却迟到,应当斩首!'齐威王勃然大怒,说:'呸!你的母亲只不过是个奴婢,有什么了不起的!'这样一来,齐威王被天下人耻笑。周烈王活着的时候,齐威王去朝拜他,死后就斥骂他,为什么呢?这实在是忍受不了周天子的苛求啊!那天子本来都是这样威风凛然的,并不足怪。如果秦王称帝,恐怕他的威风比这还厉害呢!"

辛垣衍对此有异议,辩驳说:"先生就没见过奴仆的情形吗?十个奴仆跟从着一个主人。难道奴仆的力量和智慧都比不上主人吗?不是的,而是害怕主人的权势啊!"

鲁仲连乘机问:"哎呀!这么说来,魏国比起秦国来,就像仆人跟主人了?"辛垣衍竟然认可,说:"是这样的。"鲁仲连于是说:"那么,我就让秦王处死魏王,怎么样?"辛垣衍一听很不高兴,说:"嗨,先生的话也太过分了!先生怎么能让秦王处死魏王呢?'"

鲁仲连说:"这是很自然的事,请让我讲给你听。从前九侯、鄂海和文王是殷纣王的三个诸侯。九侯有个女儿很漂亮,就把她献给了纣王,纣王却认为丑陋,就把九侯杀了,还剁成

— 67 —

了肉酱。鄂侯为他争辩得激烈了些，纣王因此就处死了鄂侯，晒成肉干。文王听说了这事，不平地哀叹了一声，纣王就把文王拘禁在牖（yǒu）里的监狱中，关了一百天，想让他死。为什么同样是王，结果却被人宰割呢？"

"从前，齐湣王要到鲁国去，夷维子做侍从跟随。到了鲁国边境，夷维子对鲁国人说：'你们将用什么礼节来接待我的国君？'鲁国人回答说：'我们将用十太宰的规格招待您的国君。'夷维子说：'你们这是根据什么礼节来接待我们的国君？我们的国君是天子啊！天子巡视诸侯国，诸侯应当离开自己的宫室，交出钥匙。每天要提起衣襟，亲自搬设几案，在堂下伺候天子用饭；天子吃完饭，诸侯才能告退，处理政务。'鲁国人听了，就闭关下锁，拒绝齐湣王入境。齐湣王进不了鲁国，要到薛地去，向邹国借道。正在这时，邹国国君死了，湣王要去吊唁。夷维子对邹国已死国君的儿子说：'天子来吊唁，主人不能面对灵柩，要面北而哭，然后天子面南吊唁。'邹国群臣说：'要是不这样办，我们就拔剑自杀。'湣王害怕了，没敢进入邹国。邹、鲁两国是很贫弱的，两国的臣子在国君活着的时候，不能侍奉供养，死后也无力按殡礼举丧，然而当齐国想让邹、鲁之臣行天子礼时，他们竟不让齐湣王入境。如今秦、魏两国同样都拥有万辆兵车，彼此都有称王之名。可是魏国一看秦国打了胜仗，就想侍奉秦国，称秦王为帝，说明魏国大臣的见识竟不如邹、鲁的仆妾啊！"

"再说，如果不加抵制，让秦王称帝得逞，那他就会撤换诸侯大臣，撤销他认为不贤者的官职，而代之以他认为有才德的人；夺取他所憎恶者的官职，而给予他所喜爱的人。他会让他的女儿和姬妾去做诸侯的嫔妃姬妾,也会进入魏国的后宫。魏王到那时怎么能安宁呢?而将军又怎么能保住原来受宠的地位呢?"

待鲁仲连的分析涉及魏王及辛垣衍的切身利害时,辛垣衍坐不住了,起身对鲁仲连行礼,道歉说:"起初,我把先生看成一般的人,现在才知道先生是位天下的高洁之士。我请求离开这里,不敢再谈尊秦为帝的事了。"

秦将听到了这个消息,很震惊,因而退军五十里。正好这时候魏公子无忌夺了晋鄙的兵权,带兵救赵,攻击秦军,秦军于是撤退回国。

平原君要分封给鲁仲连土地,鲁仲连再三辞让,终不肯接受。平原君又在酒宴上送给他一千斤黄金,鲁仲连笑着说:"天下士人推崇的,是替别人排难解纷而无所取。若有所取,是商贾的勾当,而我鲁仲连是不能这样做的。"于是告别平原君,离开了邯郸,终生不再见平原君。

◆鲁仲连是个口才超群、谈锋机警的"辩士",他在连续重复述说尊秦为帝的危害的基础上,切入了辛垣衍的要害,所以,辛垣衍听了坐立不安,最后改变了主张,声称自己再也不敢妄谈尊秦为帝的事了。因而鲁仲连的一番既慷慨激昂又含蓄深刻的说辞取得了效果,大获成功。鲁仲连说服辛垣衍后,秦将为之震惊,后撤五十里,显示了鲁仲连过人的胆识、高超的智慧和鞭辟入里、简洁含蓄的论辩艺术。

# 18. 庄辛谏楚襄王

庄辛：庄氏，名辛，纪郢人。战国时楚封君。曾劝诫傲慢自大的襄成君，促使改正不能以礼待人的毛病。顷襄王十八年（前281年），面责楚王："专淫逸侈靡，不顾国政，郢都必自危！"顷襄王怒斥其为"老悖"。遂离楚去赵。二十一年，秦军攻占郢都，顷襄王悔悟，从赵国将他召至城阳。他再陈亡羊补牢之策，顷襄王乃收回江南15邑，复设黔中郡以对抗秦国。顷襄王授庄辛以执圭，赐予淮北之地，封为阳陵君。

战国末期，楚怀王客死于秦国。怀王的儿子即位，这就是顷襄王。楚国到了顷襄王的时候，国势日益衰落。可是顷襄王不仅不想励精图治，反而整日吃喝玩乐，不理朝政。楚国的老臣庄辛对此非常忧虑，便上朝见襄王，劝谏他说："大王整日有州侯和夏侯左右陪侍着，乘车时有鄢陵君和寿陵君跟随着，他们怂恿大王骄奢淫逸，不顾国政，这样下去，社稷就很危险了！"

襄王听了很生气，斥责他说："先生是老糊涂了呢，还是把我看成楚国的妖孽了呢！"

庄辛诚恳地说："臣实在是看出了大王行为的必然结果，不是将大王看作妖孽。如果大王始终宠幸这四个人而不知收敛，楚国必定会灭亡的。臣请求躲避到赵国去，待一段时间观察形势的发展。"

庄辛离开了楚国，到赵国呆了五个月。秦国果然攻取了楚国的鄢、郢、巫、上蔡、陈等地，襄王流落到城阳。这时才想起庄辛说的话，可惜当时没有听取，以至于今日，便派人到赵国去，把庄辛请了回来。

庄辛回到赵国后，襄王向他道歉："寡人不能听取先生之言，以至到了今天这地步。以先生之见，现在该怎么办呢？"

庄辛说："臣听俗语说：'看到野兔再回头唤猎狗，还不算晚；羊走失了再想起加固羊圈，还不算迟。'从前商汤王、周武王最初只拥有方圆百里的土地，却日益昌盛，夺取了天下；而夏桀和殷纣本来拥有天下，却最终灭亡了。现在楚国虽然地盘缩小了，但是如果截长补短，尚有方圆千里，哪里只是方圆百里呢！"

庄辛停了一下，接着说："大王就没有见那蜻蜓吗？它有六只脚，四支翅膀，飞翔在天地之间，俯身啄食蚊蝇，仰头承饮甘露，自以为没有什么祸患，与人无争。没料到有一个儿童正在用饴糖涂在丝网上，然后将丝网绑在长竿上，举向高空将自己粘下来。白天还飞翔在天地之间，晚上就成为地上蝼蚁的食物。"

"蜻蜓还是小的，比它大的黄雀也是如此。它俯首可以啄食米粒，仰飞可以栖息在茂密的树枝上，还可以振翅在天空中飞翔，自以为没有什么祸患，与人无争。没料到有那公子王孙，左手握着弹弓，右手捏着弹丸，瞄准了自己的脖子，将自己从高处射下来。黄雀白天还飞翔于树林中，晚上就成了人们桌上

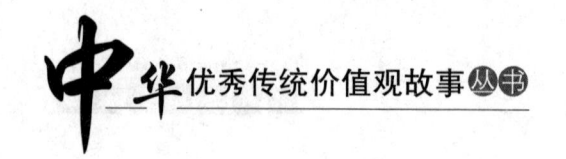

的佳肴。"

"黄雀还是小的，比它大的大雁也是如此。大雁畅游于江湖，栖息于沼泽，俯首可以啄食鱼虾，仰首可以采食水草，振翅可以凭凌清风，翱翔于太空，自以为没有什么祸患，与人无争。没料到射猎者已经握紧角弓，搭上带丝绳的箭，一箭就将自己从高空中射了下来。白天还畅游于江湖，晚上就成了人们锅中的美食。"

"大雁还是小的，蔡灵侯的事情也是如此。他驱车向南遨游于高坡，向北登上巫山，喝着茹溪的清水，吃着湘江中的肥鱼。怀中抱着娇姿美女，四处游乐，全不把国事放在心上。没料到楚将子发已经接受楚王的命令，率兵攻蔡。最终蔡灵公成了俘虏，被丝绳绑着去见楚王。"

"蔡灵公的事情还是小的，大王的事情也是如此。大王的左右有州侯和夏侯，车后边跟着鄢陵君和寿陵君，糟蹋着封地出产的粮食，挥霍着国库中的财物，与他们驰骋游乐于云梦一带，却丝毫不以天下国家之事为虑。没料到秦国的穰侯已受命秦王，派大将白起攻取了平靖关之南，把大王阻断于平靖关之外。"

庄辛由小及大，由远及近，形象地说明了襄王误国的原因。襄王听了，不寒而栗，脸色大变，意识到不检点自己而酿成的严重灾祸，于是决心居安思危，一改前非。他任用庄辛为执圭，封他为阳陵君。庄辛为襄王出谋划策，对付秦国，终于恢复了江南十五座城池。

◆庄辛的论辩气势磅礴、立意高远，整体上是一种由小到大，由远及近，循序渐进的论辩方法。他从最普通的现象、最寻常的事物谈起，然后一环扣一环地剖析人们都熟知的那些现象或事件，从中挖掘出不同寻常的深刻道理，使那种由于利害冲突引发的生存竞争、相互残杀的现象，同楚王自身联系起来，令楚王触目惊心，再也不敢等闲视之。蜻蜓、黄雀与大雁虽然与人无争，却难逃死亡的厄运。身为一国之君，要想偏安一隅，苟且偷生，贪图享乐，最终也会像蔡圣侯一样难逃被蚕食宰割的命运。

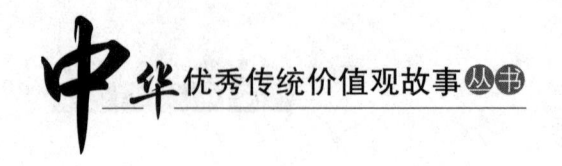

# 19. 唐且为魏求救兵

唐且：也作唐雎。魏国人，是安陵君的臣子。战国时期的最后十年，秦国相继吞并各诸侯国，公元前230年灭韩，公元前225年灭魏。安陵是魏的附庸小国，秦王企图用"易地"的政治骗局进行吞并，由此引起了两国之间的一场外交斗争。唐雎出使秦国，同秦王进行针锋相对的斗争，终于折服秦王。

---

战国时，齐国和楚国曾联合进攻魏国。当时魏国与秦国是盟国，于是魏王派人去秦国求救兵。求救兵的车子接连于道，可是秦国仍然迟迟不出兵。

魏人唐且，九十多岁了，为救国难，前去见魏王说："老臣请求出使秦国，能让秦兵在我回国前就来到魏国。大王看可以吗？"魏王答应了他的请求，给他准备了车，送他上路。

唐且见到秦王，秦王说："老人远道而来，太辛苦了。魏国接连来人求救兵，寡人已经知道魏国形势危急了。"

唐且说："大王已经知道魏国危急，可是救兵不出，这是说明筹谋划策的人不胜任。魏国本来也是一个拥有万辆兵车的国家，却服从于秦国，成为秦国东方的屏障之国，是认为秦国的强大足可以仰仗。可是今天齐、楚之兵已逼近魏国都城，大王的救兵还不到。魏国一旦支撑不住，就将向齐、楚割让土地求和，到那时，即使大王想救魏国，怎么来得及呢？这样，秦国就失掉了一个拥有万辆兵车的国家，却使敌国齐、楚强大起来。臣暗自以为为大王筹谋划策的人是不胜任的。"

秦王恍然大悟，马上发兵，日夜兼程赶赴魏国。齐、楚之兵得知秦国救兵来了，连忙撤退。

唐且先抬举秦王，然后清楚地说明了不救魏的弊端，使得秦王不得不立即发兵救魏。唐且没有辜负自己的诺言，也没有辜负君主对自己的信赖。

◆唐且是一位有胆有识的谋臣，他作为小国之臣，为救国难，不顾自己九十多岁的高龄，自告奋勇出使秦国。他摆事实，讲道理，说明了不救魏国的严重后果，使秦王不得不发兵救魏，成功地完成了使命，用自己的机智和辩才拯救了国家。

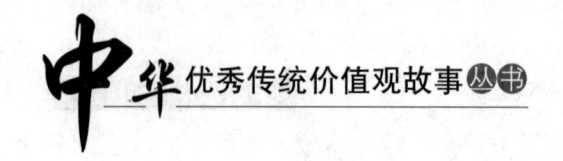

# 20. 甘罗十二出使

甘罗：战国时楚国下蔡（今安徽颍上）人，著名大臣甘茂之孙，从小聪明过人，是著名的少年政治家。小小年纪拜入秦国丞相吕不韦门下，做其才客。后为秦立功，被秦王拜为上卿。他虽然年纪小，却有见识，敢作敢为。

---

甘罗，是甘茂的后代，从小聪明过人，12岁就任秦相吕不韦的侍从。

秦始皇曾派蔡泽到燕国活动，三年后，燕国与秦国立盟，并且派太子丹到秦国做人质。秦始皇想乘机推荐张唐去燕国做丞相，同燕国共同攻打赵国。吕不韦找张唐谈话，转达了这个意思。张唐感到为难，说："我曾经为秦昭王攻打赵国，赵国很怨恨我，声言说：'谁能得到张唐，给他方圆百里的土地。'今天如果到燕国去，一定要经过赵国，我怎能过得去呢？"吕不韦听了，很不高兴。

事后，甘罗见到吕不韦，奇怪地问："您为什么不高兴呢？"

吕不韦向他说明了原因。甘罗便说："请让我去说他，让他上路。"

吕不韦呵斥他："别胡说！我亲自请他去，他都不肯，你怎么能让他去？"

甘罗说："项橐（tuó）七岁就做孔子的老师，现在我都十二岁了，就让我试试吧，何必急于呵斥我呢？"吕不韦终于答应了他。

甘罗去见张唐，问："您的功绩与武安君吴起相比，谁的大？"

张唐说："武安君在南面挫败强大的楚国，在北面威震燕国和赵国，战必胜，攻必克，攻城夺地不计其数，我的功绩自然不如他。"

甘罗于是说："范雎（曾做丞相）曾在秦国受重用，但是，他与今天吕不韦相比，谁更受到皇帝的信任呢？"

张唐答："范雎自然不如吕不韦更受信任。"

甘罗进一步问："您确实知道范雎不如吕不韦更受信任吗？"

张唐说："这我是知道的。"

甘罗于是又说："范雎当初想攻打赵国，白起不赞同。当白起离开咸阳（秦都）七里时，就被范雎用计逼迫而自杀身死。今天吕不韦亲自请您到燕国做丞相，您却不肯去，我就不知您将死在什么地方了。"

张唐说："那就听你小伙子的话，我将去燕国。"于是让人收拾行装，准备上路。

张唐出发日期已定，甘罗又对吕不韦说："请给我五辆车，让我为张唐先到赵国疏通一下。"

吕不韦见他办事有一套，就入朝对秦始皇说："甘茂之孙甘罗，年纪虽小，但毕竟是名家子弟，诸侯都听说过。刚才张

## 中华优秀传统价值观故事丛书

唐推辞不去燕国，经甘罗一番劝说，才答应上路。甘罗又请求先去赵国活动，请允许派遣他走一趟。"秦始皇接见了甘罗，正式派遣他去赵国。

赵襄王听说秦国使者来了，亲自到郊外迎接。甘罗问赵王说："大王听说燕太子丹到秦国做人质的事了吗？"

赵王答："听说了。"

又问："听说张唐要到燕国做丞相的事了吗？"

答："听说了。"

甘罗于是说："燕国太子丹入秦做人质，是燕国表明不欺骗秦国；张唐去做燕国丞相，是秦国表明不欺骗燕国。燕、秦不互相欺骗，没别的动机，是想进攻赵国而扩大早已获得的河间之地（在黄河与永定河之间）。大王不如主动给秦国五座城池来扩大河间之地，这样就会诱使秦国让燕太子丹回国，联合赵国攻打燕国。"

赵王便划出五城，给秦国扩大河间之地。秦国不久也归还了燕太子。赵国又攻取了燕国上谷地方三十城，分给秦国十一城。

甘罗回国报功，秦始皇就封他为上卿（高级爵位），并且赐给了他土地和房舍。

◆少年甘罗年仅十二岁就出使赵国，并能洞察时局，利用国与国、人与人之间的矛盾，凭借自己的智勇，轻而易举地实现了"广河间"的目的。解决了丞相吕不韦所解决不了的问题，使秦国不费一兵一卒便得到了赵国五个城池，真是自古英雄出少年！

# 21. 外黄少年说项羽

项羽：秦末著名军事家、中国军事思想"勇战派"代表人物。是力能扛鼎气压万夫的一代英雄豪杰。

楚霸王项羽正在与刘邦对峙之时，彭越背叛了他，占据了梁地，断绝了项羽的粮道。项羽只好率领一部分军队讨伐彭越，进攻彭越占据的地方。在攻打外黄县（在今河南杞县东）时，外黄县一开始坚持抗战，项羽攻了好几天没有攻下来。后来外黄县人支持不住，开城投降。项羽大怒，命令城中十五岁以上的男子都到城东集合，准备把他们全部活埋。

外黄县令的侍从有个儿子，年仅十三岁，他见众父兄乡亲危在旦夕，便挺身而出，前往见项羽。他对项羽说："彭越胁迫外黄人，外黄人害怕他，因此暂且投降他，只等大王来解救。可是大王来了却又要把他们活埋，百姓怎么能有归顺之心呢？外黄以东，梁地十几城的人都将因此而恐惧不安，就没有谁肯归降了。"

项羽听他说得动人又有道理，于是下令释放了要活埋的人。

少年先顺着项羽说，然后又分析了活埋外黄人的不利后果，说服了项羽，从而使众乡亲免于被活埋的厄运。

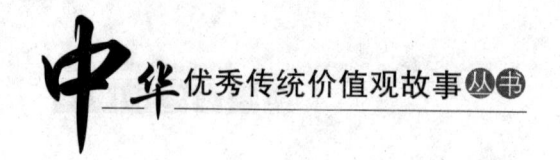

◆外黄县的这个少年虽然年幼,却对人性有着超凡的理解。他深知,追逐利益是人的天性。要想左右别人的想法,最好的办法是用利益去打动他。因此,外黄少年在劝谏项羽时向项羽指出:活埋外黄县十五岁以上的男子,将使梁地的十多个城池的民众因为恐惧而坚守不降,从而增加项羽军队平定梁地的难度。项羽经过利益权衡,认为外黄少年的话很有道理,因而接受了外黄少年的意见。

# 22. 王卫尉巧言救萧何

萧何：秦朝沛县丰邑（今江苏省丰县）人。是汉朝初年丞相、西汉初年政治家。谥号"文终侯"，汉初三杰之一，辅助汉高祖刘邦建立汉政权。

王卫尉：汉高祖时候的侍从，刘邦疑心萧何将他下狱的时候，挺身为萧何求情说话。

萧何是汉初的丞相，功高望重，因而汉高祖不免对他有所疑忌，时刻提防着他。

一次，萧何为民请命，认为上林苑（皇家猎场）中有不少空地，白白地闲着，可以让百姓耕种，朝廷也可以收些粮租，而剩下的秸秆可以作动物饲料。刘邦为此大怒，认为萧何这样做是有意收买人心，暗中收取贿赂，便将萧何抓了起来交给廷尉，披枷带锁，等待治罪。

王卫尉深感萧何冤枉，就壮着胆向刘邦谏道："假如事情有利于百姓而有所请求，本是丞相的职责，陛下为何怀疑丞相就是受人钱财呢？再说，陛下当初同楚王项羽相距数年后又有陈豨、黥布反叛之事，陛下亲自率领军队征讨，当时丞相留守关中，若稍有动作，函谷关以西就不是陛下所有了。丞相不借当时求大利，今天却去贪图收取一点贿赂的小利吗？陛下为何怀疑丞相如此浅薄呢?"

刘邦听了仍然不大高兴,然而王卫尉的言辞中肯,合情入理,无法反驳。再回想一下,萧何自举事反秦时就跟随自己,忠心耿耿,为汉朝的建立和巩固做出了不少贡献。想到这,便派人把萧何放了。

萧相国年纪已老,但做事素来恭谨,被放出后,马上入宫,光着脚上前叩首谢恩。高祖忙扶起他,说:"相国不要如此!相国为民请求上林苑耕种之事,我没有允许,太过分了。我不过是夏桀、殷纣那样的昏君,而相国是位难得的贤相。我是故意把你抓起来,想让百姓知道我的过失,借以彰显相国的贤德。"

汉高祖刘邦这样的话不免有些矫揉造作,但毕竟还是认了错。

◆王卫尉以自己强有力的论辩逻辑和义正词严的论辩口才,将刘邦辩驳得理屈词穷,无言以对,王卫尉的论辩过程是分三步进行的,论辩有理、有力、有节。刘邦只好接受这位忠臣的批评,立即放出萧何。

# 23. 陈平以实言自辩

陈平：阳武（今河南原阳）人，谋略家。西汉王朝的开国功臣之一。在楚汉相争时，曾多次出计策助刘邦。汉文帝时，曾任右丞相，后迁左丞相。

楚汉相争之际，谋士陈平投奔刘邦，受到重用。可是大将周勃、灌婴等人对陈平有看法，就向汉王刘邦谗毁陈平说："陈平虽然外表是个美男子，以玉饰冠，但内里未必有什么德行。臣听说，他在家时，偷自己的嫂子；服侍魏王，不被容纳，又跑去投楚；投楚不如意，又跑来投汉。现在大王却给了他高官。臣还听说，陈平接受将士的金钱，将士给金钱多的得好报，给金钱少的得恶报。他是个反复无常的小人，希望大王明察。"

汉王听了这些话，开始怀疑陈平，于是召来推荐陈平的魏无知责问。魏无知说："臣所推荐的，是一个人的才能，陛下所问的，是一个人的德行。假如现在有像古代尾生那样的孝行，却对决定战争胜负没有用处的人，陛下用他做什么？今楚汉相争，臣推荐的是奇谋之士，只看他的计谋是否足以利国家，至于偷嫂、接受金钱的事有什么值得多加顾虑的呢？"

刘邦听他说的不无道理，但对陈平仍不放心，就又直接找陈平来，责备他说："先生服侍魏王不如意，就改而服侍楚王，后来又离开楚王跟从我，信用你的人不是自然会多心吗？"

　　陈平很坦然地说："臣侍事魏王，魏王不能采纳我的主张，因此离开他而服侍楚王项羽。项羽不能信任人，而他所任用的不是姓项的，就是妻子的兄弟，即使有奇才也不被任用，我于是又离开了项羽。听说大王能用人，因此来归顺大王。臣只身前来，如果不接受诸将的金钱，就没有办法维持活动经费。如果臣的计策确有可采用的，愿大王采用；如果没有可采用的，臣接受的金钱全在这里，请封好交送官府，然后自请离去。"

　　刘邦一听，全是大实话，合情入理，没有什么破绽，就马上表示歉意，重加赏赐，拜他为护军中尉，监管诸将。此后，再也没有人敢说三道四了。

　　◆陈平知道刘邦是一个有大智慧的人，在刘邦面前耍小聪明是行不通的。因此，陈平在作自我辩解时，没有做任何的遮掩，而是坦率地陈述了自己离开魏王咎和楚王项羽以及接受汉军将领贿金的理由。陈平作出的坦率姿态实际上是一种高明的策略，表面看似寻常，内里却深藏玄机。陈平的坦率果然使刘邦对他产生了好感，并使刘邦对他更加信任。

## 24. 邓芝不负使命

邓芝：字伯苗，义阳新野（今河南新野）人，三国时期蜀汉重要朝臣。官至车骑将军、假节。

三国之时，蜀国和吴国只有联合抗魏，才能维持三国鼎立的局面。蜀主刘备死后，吴主孙权外交政策是否有所变化，这不仅是丞相诸葛亮忧虑的事情，也是蜀国其他大臣所忧虑的事情。尚书邓芝对诸葛亮说："现在幼主刚即位，应该派大使到吴国重申友好之意。"诸葛亮说："我考虑很久了，一直没有合适的人选，今天才找到。"邓芝问是谁，诸葛亮说："就派你去。"于是邓芝受丞相诸葛亮之托，出使吴国。

当时孙权果然在犹豫不决，观看形势，因此没有及时接见邓芝。邓芝因此写信给孙权说："臣今天来，不只是为了蜀国，也是为了吴国。"

孙权于是接见了邓芝，对他说："孤（我）诚心愿意与蜀国友好，然而担心蜀主年幼，国家又弱小，形势严峻，使魏国有机可乘，不能独自保全，因此犹豫，不知如何办才好。"

邓芝说："吴、蜀两国幅员辽阔，大王又英明盖世，诸葛亮也是一代俊杰。蜀国有重重险隘固守，吴国有长江作为天堑，吴、蜀形成唇齿相依之势，进可以兼并天下，退可以鼎足而立。大王如果委身投靠魏国，魏国必然不是要求大王入朝，就是让太子到魏国侍奉。不听从的话，就借口背叛而发兵讨伐，蜀国也就将见机行事。这样，江南之地就不再是归大王所有了。"

孙权沉默了半天，才说："您说得很对。"于是放弃了依顺魏国的想法，决心与蜀国联合，并派使臣随邓芝到蜀国回访。

不久，邓芝又奉命重返吴国。孙权与邓芝闲谈时说："如果灭亡了魏国，天下太平了，蜀、吴二主分治天下，不是很高兴的事吗？"

邓芝说："天上没有两个太阳，地上也不总会有两个大王。如果一旦兼并魏国后，大王也还没有知天命（意思是孙权又想兼并蜀国），那么两国之君将各逞其能，两国之臣（也包括自己）也将各尽忠诚，擂起鼓，战争也就开始了。"

孙权大笑，很赏识他的机智和坦率。后来孙权给诸葛亮的信中称赞邓芝说："使两国融洽友好的，只有邓芝。"

由于邓芝不负使命，蜀、吴重叙友谊，稳定了三国鼎立的局势。

◆邓芝的话说得很棒——"天无二日、民无二王"，从说话的角度来说，很坦诚；从策略的角度来说，很高明。邓芝出使东吴，不光是要解虓亭之战的怨，还要和曹丕那边竞争。在这种情形下，按照俗人的思路，可能会认为需要开出比曹丕更优厚的条件才能把孙权争取过来。但是邓芝却没有这种做，他知道孙权是什么样的人，他成功在了一个"坦诚"上。事实上，孙权的确对邓芝这么说感到十分满意。

# 25. 陈珪父子戏吕布

陈珪：字汉瑜，下邳（今江苏睢宁西北）人，吴郡太守陈瑀、陈应、陈登之父。沛相。

陈登：字元龙，下邳淮浦（今江苏扬州宝应东、淮安涟水西）人。他性格桀骜不驯，学识渊博，智谋过人。二十五岁时，举孝廉，任东阳（今江苏省金湖县西）县长。虽然年轻，但他能够体察民情，抚弱育孤，深得百姓敬重。

东汉末年，天下大乱。曹操虽然身为宰相，又深谋远虑，但一时间也难以平定天下。

袁术雄踞江、汉一带称帝，又派人求吕布的女儿做自己儿子的妻子。沛县之相陈珪在吕布手下任事，但是心向曹操。他担心袁、吕结为亲家后联合起来，成为大患，于是劝吕布说："曹公辅佐天子治理国政，威名盖世，将征伐天下。吕将军应该与曹公携手平定天下，如果与袁术结为亲家，将被天下人说成不义，一定有后患。"吕布与袁术原来也有矛盾，而且心中还在怨恨他，听了陈珪一番话，便马上派人将已经在路上的女儿追了回来，并且杀了袁术的使者。不久，曹操便派人见吕布，封吕布为左将军，吕布很高兴。

陈珪征得吕布同意，让儿子陈登去见曹操。陈登见到曹操，谈起吕布，说他有勇无谋，变幻无常，不如早点杀掉他。曹操也说："吕布狼子野心，实在难以久留。"曹操下令给陈珪增加俸禄二千石，任陈登为广陵太守。陈登临行，曹操握着陈登的手说："东方之事，就托付给你了。"

吕布曾示意陈登见曹操时，替自己美言，并求得徐州牧之职。可是陈登回来后，父子二人都得到了好处，却不见提起自己的事。他于是大怒，挥戟砍去几案的一角，对陈登说："你父亲劝我与曹公携手，断绝与袁术的关系，可是现在我想得到的一无所获（左将军只是虚衔），而你们父子却飞黄腾达了。我被你们耍弄了！你答应替我说话，究竟说了些什么呢？"

陈登镇静地说："我见到曹公说：'对待吕将军，就像养虎一样，应该用肉把它喂饱，否则会吃人的。'曹公说：'你说得不对。对待他，就像养鹰，让他保持饥饿状态才能供人驱使，吃饱了就该飞跑了。'当时就是这么说的。"吕布听了，才缓和下来。

◆陈登把吕布比喻成老虎，是暗示曹操对吕布应满足要求，加官晋爵，而曹操把吕布比喻成鹰，意思是不能满足吕布的要求，不答应给他更高的官职。但这话都是陈登为掩饰自己，同时耍弄吕布而编造出来的。

# 26. 刘备以言杀吕布

吕布：字奉先，东汉五原郡九原县（今属内蒙古自治区包头市）人。东汉末年名将，汉末群雄之一，著名武将。曾先后为丁原、董卓的部将，也曾为袁术效力，曾被封为徐州牧，后自成一方势力，于建安三年在下邳被曹操击败并处死。

吕布本来已经投顺曹操，但不久又背叛了。曹操大怒，亲自率军征讨，将吕布围在城中三个月，吕布无路可走，终于投降，曹操让人把他绑了起来。吕布知道自己犯了背叛罪是难以活命的，于是乞求说："明公（称曹操）担忧的，没有谁比得上我了。今天我已经降服，天下就没有可担忧的了。如果明公亲自率领步兵，让我率领骑兵，那么天下就不愁平定了。"曹操爱才，听他这么一说，又犹豫起来。这时刘备在旁边说："明公就没有听说吕布事奉丁原和董卓的事吗？"吕布一听他揭自己的老底，火了，冲着刘备喊："你这小子才最不可信！"然而刘备一言提醒了曹操，曹操就立即命令手下绞死了吕布。

刘备一句话为什么有这么大力量呢？原来吕布曾在刺史丁原手下做军官，很受信赖。后来董卓入京后准备发动叛乱，想先杀掉丁原，夺取他的军队。他见吕布很受丁原信赖，便拉拢引诱他。吕布不久就忘恩负义，杀了丁原，割下丁原的首级向董卓献媚。吕布跟从董卓后,董卓对他像儿子一样看待,常带在身边做护卫。但是吕布暗中常与董卓的侍女私通,心中常惴惴不安,怕被董卓发觉。这时朝中大臣王允等人密谋杀掉董卓,也相中了吕布,联络他做内应,吕布于是又乘机杀了董卓。吕布不义的恶名是人所共知的,因此刘备提起这两件事,就使曹操下定了处死吕布的决心。

◆刘备虽然暂时依从曹操,却怀有长久之计。如果曹、吕联合,必然给自己未来的事业带来重重阻力。试想当年在虎牢关,吕布一人在天下诸侯面前独战刘备、关羽、张飞尚且进退自如,那么他如降与曹操,又有谁能是其敌手呢?这也许是刘备杀吕布的真正原因。刘备能够以一言使曹操杀死吕布,机智可见一斑。

# 27. 张畅临敌机智应对

张畅：字少微，吴郡吴人，吴兴太守邵兄子也。父袆，少有孝行，历宜州府，为琅琊王国郎中令。

南北朝时，宋文帝北伐北魏大败而归。北魏太武帝拓跋焘乘胜南下，直抵彭城。彭城守将江夏王刘义恭想放弃彭城南逃，刘义恭的长史张畅以死谏阻，加上刘义恭的侄子刘骏也反对逃跑，刘义恭才改变主意，表示坚守彭城。

拓跋焘见刘义恭无南逃之意，便派自己的尚书李孝伯在城下喊话："我家君主向江夏王致意，请他出来相见。我军不打算攻城，你们为什么让将士辛苦，守备如此严密呢！"

刘义恭派张畅出城，与李孝伯对话。张畅答复说："江夏王也致意魏主，本应出来相见，只因人臣无境外之交，不便相见，实在抱歉。至于守城，乃是边将的正常公务，将士们乐此不疲，有何辛苦而言！"

李孝伯又故意问："为何匆匆关闭城门，收起吊桥？莫不是害怕我大魏龙虎之师吗？"

张畅回答："江夏王因魏师初至，立脚未稳，将士疲劳，而我城中精甲十万，求战心切，恐一时冲出城来，践踏了魏师，有失主人之礼，因此收起吊桥。待你们恢复了精神，布好了军阵，一切准备就绪，然后双方约定交战时间，岂不更合适吗？"

李孝伯见张畅对答如流，振振有词，于是进一步出难题，问："俗话说，宾客有礼，主人则应以礼待之。我军到来，并不攻城，可称得上礼义齐备，主人何不开门迎接？"

张畅说："昨日见众宾至门下，趾高气盛，耀武扬威，哪里有这样的宾客之礼！"

李孝伯在北魏，也称得上善于辞令的人了，本想用辞令侮辱南朝一番，不料碰上一个张畅，没有占到一点便宜，只好回去复命。第二天，拓跋焘又派他出营。李孝伯对城上宋军说："何不派人到我大魏军营走一趟，虽不能完全通达彼此之情，也可亲眼观看我家君主的威容和为人。如果不愿派高级将吏，派个一般官员也可以啊！"

刘义恭仍派张畅出城应对，说："有李尚书亲自前来，彼此之情不难通达。至于魏主的仪容、为人，以前来往的使者早就说过，我们都有耳闻，派使者的事，恐无必要。"

李孝伯知道一般的辞令是难不倒张畅的，因此话锋一转，转到宋师北伐失败的事上，说："宋师出兵，派王玄谟为主将，他不过是个庸碌之辈，如何能取胜？结果大败而归，致使我师乘势南下，长驱七百余里，直达彭城，你家竟无一人相拒，皆望风而逃。我师至险要关口邹山时，刚一接战，你家守将崔邪利便藏入洞穴，被我师倒拖出来。我家主上饶他性命，今跟从在此，你愿见他一面吗？"

李孝伯以为这下张畅一定感到受辱，无言以对。不料张畅态度坦然，不露声色，说："王玄谟只不过是一名末将，谈不上有什么才能。我朝大军尚未到来，而他孤军深入，后令他暂退，造成了一点小小的失误，这不过是兵家常事而已。一个崔邪利被俘，微不足道，何损于我朝！魏主以数十万之众活捉了一个崔邪利，还值得夸耀吗？魏师入境七百里，而大宋不做抵抗，这正是江夏王的神机妙算。此乃军事机密，不可多言。"

李孝伯见仍占不着便宜，便又把话锋一转，说："我家君主不准备围攻彭城，只率大军直逼扬州。若南下胜利，彭城不攻自破；若南下不利，那么彭城我们也不需要。近日我师就要南下，饮马长江。请多加保重，自求多福！"

张畅微笑道："去留是你们的事。不过，想饮马长江，只怕有去无回！"

当时宋军战败，处于劣势，主动权完全在北魏手中。在这种情况下，张畅能镇定自若，机智善辩，维护宋方的尊严，实在是难能可贵的。

李孝伯见宋国有这样的人才，很有感慨，对张畅也很佩服，与手下人叹息良久。临走，对张畅说："望君多加保重！相距咫尺，很遗憾不能同你握手。"

张畅也不卑不亢地说："也望君多加保重。我朝收复北方有期，到时你若回到宋朝，那么今天就算我们认识的开始。"北魏太武帝一直欺负南朝无人，听了李孝伯的汇报，方知宋国大有人在。

◆张畅应对魏使，措辞敏捷，可称为外交家。张畅所说，不亢不卑，能令魏使李孝伯自然心折，三寸舌胜过十万师，张畅凭借自己的机智和口才，为宋国赢得了尊严。

## 28. 姚崇灭蝗

　　**姚崇**：本名元崇，字元之，避唐玄宗"开元"年号讳，改名姚崇。出身于官僚家庭，大器晚成。历任武则天、唐睿宗、唐玄宗三朝宰相，有"救时宰相"之称，特别是在玄宗朝早期为相，对"开元之治"贡献尤多，影响极为深远。

　　唐朝唐玄宗时候，山东等地曾发生严重蝗灾，宰相姚崇经上表请求，传令各地捕杀蝗虫，并派遣御史分赴山东各道督促灭蝗。对于蝗灾，历来都有迷信之说，以为是上天降下的灾祸，只能以修德、祈祷免灾，不能以捕杀的方式灭灾。

　　汴州刺史倪若水就对下来督促灭蝗的御史说："蝗虫是天灾，宰相应当自己修养德行，才能免除。以前十六国时，皇帝刘聪就因为灭蝗，反而使蝗灾更加严重了。"

　　姚崇得知后非常生气，连发书信给他。信中说："刘聪是假君主，他的德行不能战胜妖孽。当今是圣明君主，妖气不能盛行。古代传说哪里的太守好，蝗虫就避开那地方。如果真的能修养德行就可避免蝗灾，那不是正说明因为你缺少美德才招至蝗虫吗？现在你坐视蝗虫吃庄稼而不抢救，如果百姓因此而闹饥荒，你身为刺史怎么能心安理得呢？又有何德行而言？希望你尽快行动起来，不要自招祸患，以至后悔莫及！"信中以子之矛，攻子之盾，驳斥了倪若水的谬说，并责令他立即指挥灭蝗。

倪若水于是按姚崇教给的方法，动员百姓，夜里点起火，杀死蝗虫十四万石，抛入汴河中的蝗虫多得不可胜数。

在朝中，也有些大臣引经据典地对灭蝗的事加以非议，玄宗便询问姚崇。

姚崇解释说："平庸的儒生总是死板地理解经义，不知变通。做事情要因时制宜，有时违背经书反而合乎情理。过去魏朝时，山东有蝗灾伤害庄稼，人们发慈悲，不忍心杀灭蝗虫，致使庄稼被蝗虫吃尽，颗粒不收，结果出现人吃人的惨象。后秦时闹蝗灾，庄稼树木野草全被吃光，连牲畜都没有草吃了。如今山东到处蝗虫铺天盖地，而且繁殖很快，灾害严重，前所未闻。河南、河北等地蝗害也很严重，粮食贮存又很少，若不及时灭蝗，难免百姓流离失所。此事关系国家安危，不可犹豫不决。现在如果全力灭蝗，即使除不尽，也比放任成灾强得多，陛下善良，不愿杀生，那么此事陛下不用费心，就让臣处理此事就行了。如果真的因为灭蝗而招来天祸，就由我一人承担吧！"他以事实为依据，以国家利益为重，又表示自揽所谓天祸，排除了玄宗的顾虑，玄宗同意了他的意见。

又有一个黄门监官叫卢怀慎的对姚崇说："蝗虫是天灾，哪里是人可以随意灭除的呢？百姓都在议论纷纷，说现在蝗虫太多，有伤和气。现在你悔过还来得及。"

姚崇驳斥说："过去楚王吞食了蚂蟥，被蚂蟥咬的伤口得以痊愈；孙叔敖杀死毒蛇，不仅没有遭灾，还成了大富大贵之人；孔子是圣人，也不吝惜杀羊。古代的圣贤都主张爱人，所为都合乎礼义。如今蝗灾严重，灭蝗还来得及，如果放纵蝗虫吃庄稼，灾区的百姓都将被饿死，难道到那时才不伤和气吗？灭蝗之事是皇上批准的，请先生就不要多说了！如果因灭蝗而得罪上天，也由我一人承担，与别人没有关系。"

◆姚崇据理驳辩，慨然质问卢怀慎："我真不明白，你那么害怕蝗虫，怎么不怕百姓死于饥饿呢？"卢怀慎无言以对，同意捕杀蝗虫。姚崇力排众议，坚持灭蝗，使灾情减少到最低限度，使百姓和国家避免了不必要的重大灾害。

# 29. 裴度为刘禹锡说情

裴度：唐朝名相，字中立，河东闻喜（今山西闻喜东北）人。杰出的文学家、政治家。

唐朝时，诗人刘禹锡参与了王叔文等人的政治革新活动，事败后被放逐武陵。后被召还京都，又因写了《游玄都观咏看花君子》一诗，语言涉嫌讥刺朝廷，皇帝下令将他贬往播州（在今贵州遵义市）做刺史。

御史中丞裴度向皇帝说："刘禹锡老母八十多岁了。播州在大西南，是猴子出没的地方，人迹罕至。禹锡实在是罪有应得，可是他的老母势必去不了播州，只能与儿子就此死别。臣恐有伤陛下孝道，冒昧请求对他加以宽容，贬出之地改在近一些的地方。"

唐宪宗听了，不得不说："朕所说的，是责罚做儿子的事，然而终不忍心伤害他母亲的心。"于是将刘禹锡的贬地改为连州（在今广东境内）。

◆裴度以孝道为由替刘禹锡说情，使皇帝不好回驳，让了步。

# 30. 蒯通自我辩解

蒯通：本名蒯彻，汉初范阳固城镇人，因为避汉武帝之讳而改为通。是秦汉之际著名的谋臣策士、说客。

汉高祖刘邦率军在外征讨时，吕后在宫中听人汇报说韩信想谋反，便设计将他杀了。高祖回宫后，听说杀了韩信，又高兴又惋惜，问吕后："韩信临死没说什么吗？"吕后说："韩信说后悔没听蒯通之计。"

高祖说："蒯通是齐地的辩士。"于是下诏书令齐地搜捕蒯通。

不久，齐地捕到蒯通，押送长安。高祖问蒯通："你曾教淮阴侯韩信反叛我吗？"

答："是，臣曾教他这么做。这小子不用我的计策，因此让自己落得今日下场。如果这小子用了我的计策，陛下今天怎能诛戮他呢！"

高祖大怒，说："把他烹了！"

蒯通大叫："烹了我冤枉啊！"

高祖问："你教韩信反叛，烹了有何冤枉？"

蒯通辩解说："秦朝政纲败坏，东方大乱，异姓之人纷纷起事，豪俊之士聚集。秦朝失去了政权，天下人都来争夺，只有才智高而行动敏捷的人才能得到。盗跖（传说中的大盗，这里是指败德之人）的狗对尧帝狂吠，不是尧帝不仁，是因为狗对不是主人的人都狂吠。当时，我只了解韩信（韩信做齐王时，蒯通是他的谋士），并不了解陛下。再说，当时想为陛下所做事情的人很多，只是力量不足罢了，又怎能全都烹了他们呢？"

高祖听他说得很实在，就说："放了他吧。"于是赦免了他的罪。

◆为自己辩解有很多技巧，直接反驳不一定能够使对方相信或者原谅自己。相反，巧妙地转移话题，不失一个为自己辩解的好办法。蒯通不但有远见卓识，还能巧妙地转移话题，使自己最终活了下来。

# 31. 苏绰对宇文泰说古今

苏绰：南北朝时期西魏大臣。字令绰。京兆武功（今陕西武功西）人。少即好学，博览群书，尤善算术，深得宇文泰信任，拜为大行台左丞，参与机密，助宇文泰改革制度。

宇文泰原是南北朝时西魏的大臣，掌握朝政。当时苏绰也在西魏朝中供职，他博学多识，有辩才。

一次，宇文泰到昆明池打鱼消遣，苏绰与一些臣僚也随同前往。走到城西汉代储藏粮食的地方，宇文泰问左右之人："谁知道这是什么地方？"没有人能回答。有人推荐苏绰，苏绰很容易地回答上了。宇文泰很高兴，就又向他问起历代兴亡之事，他也应对如流。宇文泰更加高兴起来，于是同苏绰并马而行，到了昆明池竟忘了张网捕鱼，就回城了。宇文泰设酒款待苏绰，并且留他在府上过夜。晚上，向苏绰问起治国之道，自己半卧在床上听着。苏绰先谈帝王以仁德治国的道理，兼谈申不害、韩非以法治国的策略。宇文泰便起身整理好衣服端坐，恭敬地倾耳静听，不自觉地膝盖（古人跪坐）向前移动，到了苏绰席前，一直到天亮，还没听够。

早晨上朝，宇文泰对另一大臣说："苏绰真是个奇才！"不久就提拔苏绰参与朝政，帮助自己改革制度，使国力迅速增强，为自己建立北周政权打下了基础。

◆苏绰博览群书，满腹经纶，天文地理，无所不知，但宇文泰对这位博闻强识的行台郎中并无什么印象。后来苏绰以自己渊博的学识，侃侃而谈的口才获得了宇文泰的赏识，提升他为著作佐郎。

# 32. 姚坦直言惊益王

姚坦：字明白。曹州济阴人，宋代官员。

姚坦，北宋时人，为人刚直，被宋太宗选任皇子益王的诩（xǔ）善（辅佐之官）。

益王赵元杰曾在宅中兴造假山，规模十分宏大，费用达数百万钱。建成后，便请来众宾客前来观览，并且饮酒庆贺。宾客都连声赞美，只有姚坦低着头不吱声。益王极力让他发表看法，他于是说："我只见到血山，哪里见有假山？"益王很奇怪，询问这话是什么意思，姚坦说："我从前在农村，曾眼见过州县官吏催逼租税，有好多农民因为交不起租税，官吏就狂暴地捉走他们家的子弟，送到县里又残酷地鞭打他们，打得浑身鲜血淋漓。这假山耗费巨大，都是搜刮来的租税，不就是像血山堆起来的吗？"说得益王低下了头。当时宋太宗也正在营造假山，姚坦讽谏皇子的话传到他耳朵里之后，就马上下令停工。

◆姚坦运用的是危言诡辩术，开始下劈断的语言，要求一语惊人，令人欲罢不能，继而寻根究底地追问下去，从而使自己的言辞犀利而达到诡辩之目的。姚坦把假山说成"血山",看似耸人听闻,但他是以耳闻目睹的事实为根据的,因而才有如此强烈的效果。如果他只是信口胡说,那或许就要大祸临头了。

# 33. 农民英雄方腊的演说

方腊：又名方十三，歙州（今安徽歙县）人，北宋末年农民起义领袖。

北宋末年，政治腐败，民不聊生。浙江青溪（今浙江淳安西）农民方腊，不堪忍受官府的盘剥压榨，而且同情农民父兄的同样遭遇，于是决心率众起义，推翻北宋王朝。

方腊召集一百多穷苦弟兄一起饮酒，酒行数巡，站起来说："天下国家与家庭，本来是一个道理。假如有一家，一个子弟终年辛苦耕织，有了一点粮食布帛，却被父兄都拿去挥霍掉了，而且父兄稍不顺心，就狂暴地鞭打他，虐待至死也不怜悯。这事加在你们身上，能甘心吗？"大家回答："不能甘心！"方腊又说："父兄挥霍够了，又将剩余的财物全部送给仇敌。仇敌靠此财物更加富足，回过头来加重侵夺和欺侮，父兄就将负担都转嫁在子弟身上。子弟无力支撑，父兄就责备、惩罚，无所不至。然而每年奉献给仇敌的财物，从来没有因为侵夺侮辱而停止过。这样的事在你们能心安吗？"

大家气愤地说："哪有这种道理！"

方腊说到这里，流下眼泪。又接着说："现在赋税和徭役繁重，官吏侵夺搜刮，农桑收获满足不了他们的欲望。我们这里赖以生存的,是经营漆、楮、竹、木等(制漆造纸等)而已,也被搜刮得一干二净。天生众民,又建立官吏,官吏应是长养民众的,却竟然如此残暴。上天与民众的心中能没有怨愤吗?再说,他们除了欢娱歌舞,贪于酒色,外出游猎,兴建宫殿,祭祀鬼神,建设军队,征求奇花异石等项费用之外,每年又向西夏、北辽奉送以百万计的银两绢帛,这些都是我们东南百姓的血汗啊!辽、夏得到这些财物后,更加轻视中原,年年侵扰不止。而朝廷却照样奉献不止,宰相也把这种辱国的办法作为安边的良策。只是我们民众终年辛苦,老婆,孩子受冻挨饿,求一日的温饱都不能。诸君认为怎么样?"

群情激愤,说:"就听您吩咐了!"

方腊又接着说:"掌权的人都是污浊奸邪之徒,地方官吏也都贪鄙成风。东南百姓苦于剥削已久,近年朝廷搜求花石带来的祸患更是不堪忍受。诸君如果能仗义而起,四方一定闻风响应,十天半月之间,上万人就可以集结起来。……十年之间,终当统一天下。不然,将白白地死于贪官污吏之手。请诸君细想想!"

大家齐声说:"好!"于是聚众起义,四方震动。

方腊起义震动了北宋朝廷。朝廷曾九次招降,他都不为所动,仍坚持战斗。后来由于朝廷派兵残酷镇压,青溪失守,方腊英勇就义。

◆方腊以亲身感受,声泪俱下,唤起了民众的共鸣。同时,他又以家喻国,深入浅出,分析得细微入理,更增加了言语的说服力。方腊不愧为一个政治演说家和农民的起义领袖。

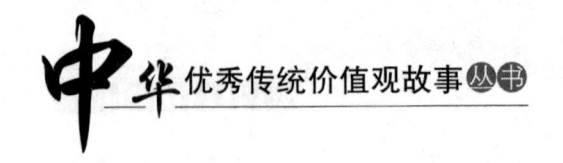

# 34. 能言善辩的纪昀

纪昀：字晓岚，清朝乾隆年间进士，授翰林院庶吉士、编修，官至礼部尚书、协办大学士等。他学识渊博，机智善辩。传说他曾多次因言语随便而冒犯皇帝，都是凭着他敏捷的才思和灵巧的口才保护了自己，赢得了皇帝的欢心。

一年春节，纪昀回家探亲，乡里有一家请他写春联。他略加思索，便挥笔而就，上联是"惊天动地门户"，下联是"数一数二人家"，横批是"先斩后奏"。有人据此告他有欺君之罪，乾隆皇帝就立即召见纪昀质问。

纪昀有条不紊地说："春联是我写的。这家有弟兄三个，老大是卖爆竹的，正是'惊天动地门户'；老二是集市上管斗的，成天'一斗'、'二斗'的喊，不是'数一数二人家'吗？老三是杀猪的，杀了猪再报税，不是'先斩后奏'吗？"

皇帝听完，哈哈大笑，连说："妙！妙！"于是了事。

又有一次，天气正值酷热，纪昀同几位同僚在翰林院审稿，别人都穿着官服，唯有他光着膀子。忽报"皇上驾到！"他来不及穿衣服，便一头钻到床底下躲藏。过了一会儿，他听见外边没有人说话，便问道："老头子走了吗？"边问边爬了出来，没料想皇帝还没走。

乾隆皇帝斥问道："纪昀无礼！因何称老头子？"

周围的人都吓得替纪昀捏了一把汗。纪昀显得很狼狈，也很害怕，但他灵机一动，便从容答道："万寿无疆称为'老'，首超出一般称为'头'，大天之子称为'子'。"

纪昀对"老头子"的解释全是颂扬之辞，又很诙谐，使乾隆皇帝不好发火，还很高兴。乾隆知道纪昀善辩，就又给他出个难题："'忠孝'应当如何解释？"

纪昀应声而答："君要臣死，臣不得不死，为'忠'；父要子亡，子不得不亡，为'孝'。"

乾隆皇帝顺势说："朕以君的身份，命你现在就去死！"

纪昀有点为难，但略加思索，立即应道："臣领旨！"说完扭头拔腿就向外走。

乾隆见他如此，就招呼他一声："慢！你打算怎么去死？"

纪昀停了一下说："跳河。"

皇帝知道他不会真的去死，就说："那好，去吧！"皇帝于是踱来踱去，吟起一首古诗。诗还没吟完，纪昀就回来了。皇帝便问："爱卿怎么没有去死？"

纪昀说："我刚要跳河，遇到了屈原。他对我说：'你这就不对了。当年楚王是昏君，我这忠臣不得不死，可是如今听说皇上是明君，你怎么能去死？你应该回去先问皇上是不是昏君，如果皇上说是，你再死不迟。'我听了屈原的话觉得有理，就回来了。"

乾隆听了，不禁哈哈大笑，说："好一个如簧巧舌。"乾隆又踱了两步，转过身又说："朕再问你，竹篮有何用处？"

答："盛东西。"

—107—

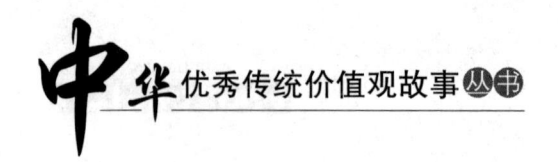

问:"为何不盛南北。"

纪昀从容答道:"东方为甲乙木,西方为庚辛金,金木可以入篮,所以竹篮能盛'东西'。南方为丙丁火,北方为壬癸水,竹篮遇火则燃,遇水则漏,所以竹篮不能盛'南北'。"

"好!"乾隆对纪昀的应对辩解能力十分赞赏。

◆纪昀利用语言在特定语境中的多义性,将原来表示某种意思的词语,巧妙地换作另一种意思,而且合情合理,给人以新颖别致、风趣幽默之感。用自己的智慧和口才赢得乾隆的赞赏。

# 35. 晏子善用言词

晏子：名婴，字平仲，春秋时齐国夷维（今山东高密）人。春秋后期一位重要的政治家、思想家、外交家。

一次，齐景公背上长了恶疮，高氏、国氏二卿来请安。景公说："按你们的职分，应当来看视我的病情。"二卿于是上前抚察景公的恶疮。

景公问："感到热吗？"二卿答："热。"问："热到什么程度？"答："热得像火。"又问："颜色如何？"答："像未成熟的李子。"又问："大小如何？"答："像菜豆一样。"又问："疮口如何？"答："像鞋上磨破的口子。"

两人走后，晏子又来请安。景公说："寡人有病在身，不能穿衣见先生。先生能否屈尊抚察一下寡人的病情？"晏子于是进入寝室，招呼侍者打来热水，将手在热水中泡了一会，待手变暖以后，又在景公床前放好席子，跪在上面抚摸景公背上的疮情。

景公问："疮的热度如何？"晏子答："像日光。"问："颜色如何？"答："像苍玉。"问："大小如何？"答："像璧玉。"问："疮口如何？"答："像圭玉。"

晏子走后，景公对侍者说："我如果不见到君子，就不知

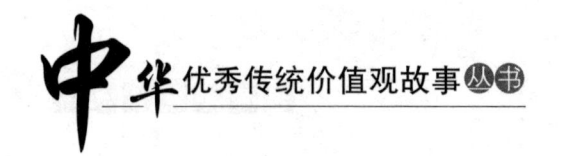

道野人如何粗劣。"

又有一次，齐景公身患积水症，卧床十余日。一天，他在夜间梦见同两个太阳搏斗，没有取胜。醒来时，还心有余悸。等晏子朝见时，景公问："晚上梦见同两个太阳搏斗，寡人没有战胜。这恐非吉祥之兆，我是不是要死了呢？"

晏子没有直接回答，而是说："还是请召来占梦者问一下吧。"

晏子出去后，找到占梦者，事先对他如此这般面授一番，然后领他见景公。占梦者对景公说："君王的病是因水而得。水属阴气，而太阳属阳气，一阴不胜二阳，是说君王的病快好了。"

事有凑巧，过了三天，景公的病真的好了。景公要赏赐占梦者，占梦者马上说："这不是我的功劳，是晏子教我说的。"

景公于是召见晏子，要赏赐他。晏子说："占梦者是以占卜之言回答的，因此有作用。如果让臣说这番话，就没作用了。这是占梦者的功劳，臣没有什么功劳。"

景公于是对两个人都加以赏赐，而且说："晏子不夺人之功，占梦者不蔽人之能，都该赏。"

◆晏子知道言语用词要讲求心理作用。如果用语不考究，不仅不能使病人得到安慰，反而会使病人受到不良刺激。他还知道如果一方想同另一方打交道，有时并不一定亲自出面，而是动用第三者出面，利用他的口为自己说话，从而达到一定的目的。他知道自己占梦景公未必相信，因此找到专门占梦的人。景公自然信以为真，加速了身体的好转。

# 36. 李世民借裴寂劝父起义

李世民：唐朝第二位皇帝，政治家、军事家、书法家、诗人。开创了历史上著名的"贞观之治"，为后来实现"开元盛世"奠定了基础，将中国传统农业社会推向鼎盛时期。

隋朝末年，李世民与刘文静密谋起义，一切就绪，只是担心父亲李渊阻挠。刘文静同裴寂要好，而裴寂又深得李渊厚爱，于是刘文静就将裴寂介绍给李世民。李世民拿出上百万钱，在赌博中故意将钱慢慢输给裴寂。裴寂得钱越来越多，心中十分高兴，与李世民的交谊也越来越密切。

日子久了，李世民就将起义之意告诉给他，托他在父亲面前通融，裴寂答应了下来。后来裴寂在晋阳宫陪李渊饮酒，就将李世民等人想起义的事透露给李渊，说："二郎（李世民排行老二）秘密组织力量，想举义旗。现在天下大乱，如果拘守小节，早晚不免死于人手，如果举义旗，必得天下。现在众心已合，只是不知公意如何。"

李渊说："我儿真有此谋虑，而且已下决心，可按他的主张行事。"于是不久李氏父子举起义旗，自太原起兵，直指长安。

裴寂果然说服了李渊，于是李氏父子打起了推翻隋朝的义旗，最终建立了大唐帝国。

◆李渊被隋朝封为"唐国公"，当时任太原留守，虽然对隋朝不满，有矛盾，但是并没有起义决心。这时如果李世民直接同父亲谈起此事，恐怕父亲会凭借自己的威严加以申斥和否决，因此，李世民借助裴寂同父亲的关系，代为做转达和说服工作，这样容易使父亲接受，万一父亲不同意，也不至于出现大问题，这就是李世民的聪明之处。

# 37. 梳头奴不知身份

宋仁宗：北宋第四代皇帝，1018年立为皇太子，赐名赵祯，1023年即帝位，时年13岁。1063年驾崩于汴梁皇宫，享年53岁。

宋仁宗一天退朝回到寝宫，还没有脱下御袍，就摘掉包头布，嚷着头痒得厉害，招呼梳头奴来梳理头发。梳头奴为宋仁宗梳理头发时，见他怀中有文件，就问："官家（对皇帝称呼）怀中是什么文件？"

仁宗说："是谏官的奏书。"

又问："上面说的什么事？"

答："说连日下雨，恐怕是上天责罚。宫中侍女太多，阴气就盛，应该裁减。"

梳头奴便说："大臣们家中都有不少歌女舞女，而且官职稍得意，就增加侍女名额。皇家只剩下这么点人了，就说什么阴气太盛，只让他们一些人快活！"仁宗没再说什么。梳头奴又问："上面说的一定要施行吗？"仁宗说："谏官提出的，怎能不施行？"

梳头奴仗着皇帝对自己的宠爱，便大胆地说："如果真的施行，就请从为奴的开始。"梳完头，仁宗起身叫人将宫中侍

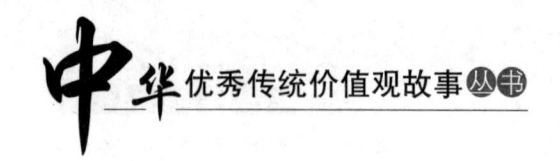

女的簿籍拿来，进入后院。过了好半天，圣旨颁布：自某人以下三十人放出宫廷。皇后问："梳头奴是官家喜爱的，怎么作为第一名打发出去了呢？"仁宗说："她劝我拒绝纳谏，怎么能让她待在左右？"

◆作为一名梳头奴，竟想干预朝政，的确是不知天高地厚，忘记了自己的身份。宋仁宗因为梳头奴阻止自己纳谏而将她撵出宫中，这无疑是明智的行为。

# 38. 公孙鞅四说秦孝公

公孙鞅：即商鞅，卫国（今河南安阳市内黄梁庄镇一带）人。战国时期政治家、思想家，先秦法家代表人物。在秦执政约二十年，"商鞅变法"，使秦国长期凌驾于山东六国之上，为后来统一六国奠定了基础。

公孙鞅本是卫国人，听说秦孝公下令求贤，就到了秦国，靠秦国宠臣景监求见孝公。孝公接见公孙鞅，听他谈了一会儿，就打起瞌睡。事后孝公对景监发怒，说："你介绍的客人是个糊涂虫，有什么值得用的！"景监也因此责备公孙鞅，公孙鞅说："我向大王讲说帝道，他心里不开窍。"

过了五天，再次求见。他这次讲得更来劲，然而孝公还是不感兴趣。事后孝公又谴责景监，景监又去责备公孙鞅。公孙鞅对景监说："我向大王讲王道，他还是听不进去。"又再次请求接见。这次孝公听他讲完后，觉得不错，但是没有表示任用他。孝公对景监说："你介绍的客人还不错，同他还谈得来。"公孙鞅见到景监说："这次我讲霸道给他听，看意思想任用我了。请孝公再接见我，这回我知道他需要什么了。"第四次同孝公讲说时，孝公不知不觉膝盖向前移动，离开了座席。他们一连谈了几天，孝公也不知厌倦。事后景监问公孙鞅："你用

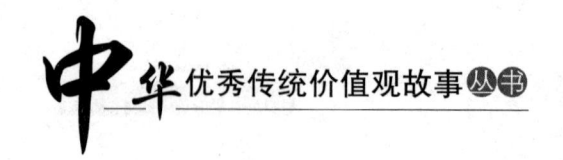

什么办法打动了我君？我君特别欢心。"公孙鞅说："我前几次向他讲帝王之道，用夏商周三代明君的事例作比，可是大王说：'那样需要时间太长，我不能等待。况且贤君是累积几代的业绩才名显天下的，我怎能容忍几十年以至上百年才成帝王呢？因此我就向他讲说强国之道，大王听了很开心。"

当时是战国时期，诸侯间的兼并战争愈演愈烈。因此对于诸侯，尤其像秦孝公这样雄心勃勃的君主来说，所谓以仁义道德为内容的帝王之道，是远水不解近渴的说教，他所急需的乃是强国富兵的霸道。

◆公孙鞅经过几番口舌，才摸透秦孝公所需要的道理和策略。像故事中所讲的，公孙鞅没有自己固定的观点，是未必可取的，但这里说明了一个道理：说话要看对象。

# 39. 唐太宗不顾忌讳

唐太宗：即李世民，唐朝第二位皇帝，政治家、军事家、书法家、诗人。开创了历史上著名的"贞观之治"，为后来实现"开元盛世"奠定了基础，将中国传统农业社会推向鼎盛时期。

唐太宗时，有位大臣叫张玄素，官至银青光禄大夫，负责辅佐太子之事。他原是隋末小官吏，出身寒微。由于封建社会重视门第出身，因此他常为此感到羞愧，忌讳别人提起此事。

一次唐太宗在朝中问张玄素："卿在隋时任什么官？"

张玄素答："县尉（县里军官）。"

又问："在此以前呢？"

答："只是办事人员，没有官职。"

张玄素回答完唐太宗的询问走出阁门时，无精打采，脸色如死灰，几乎都抬不动脚了，朝臣见了都十分惊讶。

谏议大夫褚遂良为此事上书说："臣听说君子不对别人失言，圣主不戏言臣下。在上位而能礼遇臣下，臣下才能尽力事奉在上位的。陛下既然器重玄素，授他三品官，就不该在君臣面前追问他的门户出身，使他羞愧得无地自容，以至抛弃陛下对他的恩遇。"

唐太宗后来见到褚遂良，说："朕也对当时追问感到后悔，卿上书所说的，深合我意。"

◆唐太宗身为皇帝，不顾忌讳，追问张玄素的门第出身，深深刺伤了张玄素的自尊心，也损害了君臣的关系。古人说："与人善言，暖于布帛；伤人以言，深于矛戟，"对别人说友善的话，就使别人像加上件衣服一样感到温暖；用言语伤害人，就比用长矛刺人还深，说的就是这个道理。因此，言谈时不应犯别人的忌讳。

# 40. 晏殊给王安石的赠言

晏殊：字同叔，北宋抚州府临川城人。著名的词人、诗人、散文家。

王安石考中进士后，随同一起考中的一些人前往拜见枢密史晏殊。晏殊同他们亲切交谈。送客时，晏殊特意留下王安石，同他继续谈论，最后送他两句话："能容于物，物也容矣。"意思是说：一个人能容忍别人，别人也能容忍自己。王安石听了之后，只是点头答应。回到旅店后，同别人说："晏公作为大臣，却送人这么两句话，多俗气呀！"

王安石后来做了宰相，刚愎自用，不善于团结人，连旧日的朋友也都疏远了。他退出政界之后，住在金陵，同弟弟谈起晏殊的赠言，说："当时我对他的话很不以为然。可是后来我在政府时，平素所交朋友，人人与我为敌，不能继续同我保持友谊。今日想起来，不知晏公为什么能有预见。"晏殊从王安石言谈中，发现他是个有胆识，敢于作为的人，必将担当重任，但也担心他日后难以被人理解，因此用两句话相赠。

◆晏殊的赠言是作为对王安石含蓄的告诫，很有针对性。然而王安石没有及时理解和重视，等醒悟过来已经晚了。

# 41. 子贡不如马夫

子贡：春秋末期卫国（今河南省鹤壁市浚县）人，是孔子的得意门生，孔门七十二贤之一，孔门十哲之一，且列言语科之优异者。孔子曾称其为"瑚琏之器"。他利口巧辞，善于雄辩，且有干济才，办事通达。政治家、儒商之祖，官至鲁、卫两国之相。

孔子领着弟子游说诸侯，路上丢失了马。丢失的马吃了农夫的庄稼，农夫很生气，将马拴了起来。于是孔子派子贡前往交涉，言语谦卑，大道理讲了不少，可是农夫却不理睬他。

子贡回去向孔子汇报，孔子说："用别人听不进去的话来说服别人，就像用丰盛的佳肴来供享野兽，用美妙的音乐让飞鸟欣赏一样。这是我的过错，不是子贡的过错。"于是改派马夫前往交涉。

马夫见到农夫，说："你耕种的土地从东海达到西海，我们的马走失后，怎么能不吃了你的禾苗呢？"农夫听了很高兴，立即将马解下来交给了他。

◆ 子贡虽然善于言谈，但是他书生气十足，跟农夫根本谈不来。而马夫了解农夫的心理特质，用了几句直率而风趣的话，就使农夫欣然将马还给自己了。可见，对社会上不同的人，就应该采取不同的说话方式。

## 42 赵舒翘不通时务

赵舒翘：清朝末年大臣。字展如，号琴舫，晚年号慎斋。陕西长安（今西安市）人。

清朝末年有个官僚叫赵舒翘，迂腐不通时务，同别人说话总是"之乎者也"，连慈禧太后都讨厌他这一套。

在接见义和团头目时，赵舒翘也是文绉绉地说："忠信以为甲胄，礼义以为干橹。"弄得义和团头目睁大眼睛瞧着他，莫名其妙。他的话意思是：用忠信作为盔甲，用礼义作为盾牌。但话是用文言说的，义和团头目怎么能听懂呢？

有一次他同一位王爷在路上相遇，有所交谈，他又引经据典，"之乎者也"起来。那位王爷很生气，对他说："我的赵老先生，你就直接痛快地说了，不就得了吗？总是这样闹个没完，真让人弄不懂！"旁边的人也都忍不住笑了。

◆赵舒翘的这个故事告诉我们：在人际交往中，讲话的语言要简练、通俗、合时宜，不要有一种华而不实的感觉，空话、套话层出不穷，或过多地卖弄自己只会使人生厌。

## 43. "各从其志"有言外意

萧望之：字长倩，东海兰陵（今山东苍山兰陵镇）人，是西汉宣帝、元帝倚重的大臣，又是著名的经学家。

汉宣帝时，朝中由霍光专权。长史丙吉推举儒生王仲翁、萧望之等几个人，都被召见。在此之前左将军上官桀等谋杀霍光，霍光杀了上官桀等之后出入都加戒备。进见他的官民都要露体被搜身，摘去兵器，由两个侍卫挟持。只有萧望之不肯听他这套摆布，自动出阁，说："不愿见。"侍卫人员对他叫嚷乱扯。霍光知道这个情况后，吩咐侍卫人员不要乱扯。萧望之到了霍光面前，对他说："将军以功德辅幼主，将以流大化，致于洽平，是以天下之士延颈企踵，争愿自效，以辅高明。今士见者皆先露索挟持，恐非周公相成王躬吐握之礼，致白屋之意。"霍光居功自傲，听不得这种意见。于是独不任用萧望之，只做宫苑中的东门侯。而与他同时做官的王仲翁，善于看风使舵，官职已是光禄大夫给事中。

一天王仲翁从门前经过，见到萧望之，便说："不肯庸庸碌碌，只做个守门官。"萧望之一听话中带着讥讽，便回了他一句："各从其志。"

◆萧望之所说的"各从其志",就是各自按照自己的志向做事,你走你的阳关道,我走我的独木桥。这表现了自己洁身自守,不为富贵而折腰的情操,也同时是对王仲翁甘于庸庸碌碌,见风使舵的鄙视和嘲讽。虽然一句话只有四字,却恰到好处地表达了自己的意思,含蓄而有力。

# 44. 诸葛亮暗示刘琦

诸葛亮：字孔明，号卧龙。三国时期蜀汉丞相，杰出的政治家、军事家、文学家。

刘备投靠荆州刘表的时候，得到了人才诸葛亮，高兴地说："我有孔明，就像鱼得到了水一样。"当时刘表的长子刘琦，也很敬重诸葛亮，常同他来往，向他请教一些问题。

刘琦见父亲听信后母之言，而且特别喜欢后母所生的弟弟，就担心他们加害于自己。他曾多次向诸葛亮讨教自全之策，然而诸葛亮由于处境关系，怕走漏风声会引起麻烦，因此每次都拒绝了他。刘琦也知道诸葛亮的为难之处，一次就有意将他引入后园游览，上了一座木楼，又让人撤掉梯子，对诸葛亮说："现在是上不着天，下不着地，话从你口中说出来，只能进入我的耳朵里，这回可以说了吧？"

诸葛亮于是说："你就没听说申生在国内就危险，而重耳在国外就安全的事吗？"刘琦明白了他的意思，不久就借机出任江夏太守，以防止在荆州遭到不测之祸。

诸葛亮所说的是春秋时的一个典故：晋献公宠爱骊姬，废掉了太子申生，改立骊姬所生的奚齐为太子。骊姬仍然不死心，继续挑拨申生及众公子与献公的关系，想把申生和众公子置之死地而后快。申生不愿意出逃，最后被迫自杀；公子重耳果断出逃，十九年后回国夺取了君位。

◆诸葛亮引用这个典故，是暗示刘琦离开荆州，不仅安全，还可以再图长远打算。这种暗示的办法，隐晦含蓄，很适合诸葛亮的身份和环境。

# 45. 杨彪旁敲侧击曹操

杨彪：字文先，东汉名臣，弘农华阴（今陕西华阴）人，杨震之后，杨赐之子，世代忠烈。

杨彪是东汉末年人，曾任太常之职。他见汉朝衰败，就称病在家。后来曹操杀害了他的儿子杨修，心中十分悲愤。

一次曹操见到他，问："杨公为什么瘦得这么厉害？"

杨彪答："深愧没有当年金日䃅那样先见之明，今日仍心怀老牛舐犊之情。"曹操听了，觉得很不自在，脸色很难看。

金日䃅是西汉人，他的儿子很受汉武帝喜爱，常养在宫中。后来他的儿子长大了，在宫中与宫女嬉闹。金日䃅发现后，担心儿子日后在宫中淫乱为患，就把他杀了。

杨彪暗用这个典故，是用来旁敲侧击曹操的：我如果有金日䃅那样的先见之明，也早就把儿子杀了，何必麻烦你动手呢？我之所以瘦，还不是想儿子想的？这也是对曹操问话的含蓄回击。

◆在许多场合，有一些话不好直说、不能直说也无法明说时，旁敲侧击绕道迂回就成为人们所采用的方法。

# 46. 管仲言外之意

管仲：名夷吾，齐国颍上（今安徽颍上）人。春秋时期齐国著名的政治家、军事家，周穆王的后代。

齐桓公让管仲治国家，管仲说："卑贱的不能管理尊贵的。"桓公便拜他为上卿。可是齐国仍然没治理好，桓公问："什么缘故？"

管仲答："贫穷的不能管理富贵的。"桓公于是又将国都市场的税收赐给他。

可是齐国还是没治理好，桓公又问："什么缘故？"

管仲答："疏远的不能管理亲近的。"桓公又立他为仲父。齐国于是大治，称霸于诸侯。"卑贱的不能管理尊贵的"，言外之意是：我现在地位卑贱，若想让我管住尊贵的人，就必须使我更尊贵。管仲另外两句话，也只有按这种推理才能显露他的真实意图。管仲不好直接说出自己的要求，因此采取了这种说半截话的方式，显得委婉而含蓄。

◆这个故事告诉我们：有时说话的人出于某种原因，有些话不便明说，不能明说，不想明说，就采取"言在此，意在彼"的表达方法，但要求听者能够明白言外之意，以达到谈话目的。

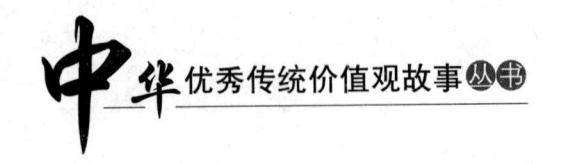

## 47. 陈宫答曹操

陈宫：字公台，东汉末年吕布帐下谋士，东郡东武阳（今山东莘县）人。性情刚直，足智多谋。

陈宫是吕布的谋士，由于反对曹操，后来同吕布一起都被曹操俘虏。曹操在杀他之前，问："把你老母怎么办？"

陈宫答："对老母怎么办，在于公，不在于我。凡是用孝道治理天下的，不害别人的父母。"

曹操又问："把你老婆孩子怎么办呢？"

陈宫答："我听说霸王之主，是不断绝别人的后嗣的。"说完就请求用刑，走出门去，再也没回头。曹操爱惜他的才能，因此还落下了眼泪。

陈宫死后，曹操派专人照顾他的老母及妻子儿女。

陈宫的话言外之意是：你如果用孝道治理天下，就不该害我的母亲；你如果害了我的母亲，就是不讲仁孝之人。

◆陈宫没有指责曹操以家人的性命来胁迫自己，也没有哀求曹操放他家人一条生路。而是不亢不卑地用"孝"和"仁"的标签将曹操束缚住了，曹操为了保持自己在世人面前的光辉形象，只有善待陈宫的家人了。

# 48. 张建封妙语救崔膺

张建封：字本立，邓州南阳人，寓居兖州。唐代宗、德宗时的名臣，少喜文章，能辩论，慷慨尚气，以功名自许。

张建封官至检校礼部尚书，曾带兵，为人宽厚。他的幕僚中有一个人叫崔膺，有才干，文章写得好。只是性格狂放，不拘小节。一次崔膺在夜间大喊大叫，惊动了军营，军士大怒，恨不得吃了他的肉。张建封为了保护他，把他藏了起来。

第二天，军中设宴。酒席上，监军（朝廷中派到军中的监察官）对张建封说："我与尚书曾约好，彼此不能相违背。"

张建封说："是这样。"

监军便说："我有请，请崔膺。"

张建封答应说："按约办事。"

过了一会，张建封也说："我有请。"

监军说："好吧。"

张建封便说："请崔膺。"满座人听了大笑。崔膺于是得以赦免。

◆监军和张建封虽然都说"请崔膺"，但意思完全相反。监军说"请崔膺"，意思是"请求处罚崔膺"；而张建封说"请崔膺",意思是"请求赦免崔膺"。两个人为了对方的面子和军中的团结,都把其中带刺激性的词隐藏了起来,然而张建封是在模仿监军的方法,因此显得更巧妙,出人意料而幽默可笑。监军弄得不好意思再坚持己见,于是崔膺得救了。

## 49. 董叔娶妻

董叔：晋大夫。

叔向：姬姓，羊舌氏，名肸，字叔向，又字叔誉。春秋后期晋国贤臣，政治家、外交家。

春秋时，晋国的董叔想娶范献子的女儿。叔向劝阻说："范氏富，不如算了！"董叔坚持说："我想系援（套关系，攀附）。"结婚后，范献子女儿很厉害，董叔常受气，于是去向范献子诉苦。范献子不仅不同情他，反而将他捆绑在树上。这时叔向到范家办事，董叔对他说："为什么不替我求求情呢？"叔向风趣地说："你想系已经系上（指被用绳子捆上）了，想援也援上（指附靠在树上）了，我还替你求什么情呢？"

◆ "范氏富"，整个意思是：富者不仁；范氏富，范氏不仁。话只说了一部分，是为了含蓄。董叔所说的"系援"，用的是"系"和"援"的引申义；而叔向所说的"系"和"援"是双关语，表面上是引申义，实际指的是本义。这一双关语用得十分幽默而富有讽刺意味。

# 50. 黄梁与皇粮

*纪晓岚：名昀，字晓岚，晚号石云。清乾隆年间的著名学者，官至礼部尚书、协办大学士，曾任《四库全书》总纂修官。*

清代大臣纪晓岚陪着嘉庆皇帝巡察，来到了自己家乡献县地面。那年献县大旱，颗粒不收，乡亲们都请他向皇帝求情，免去当年的皇粮。纪晓岚便想出了个巧妙办法，安排了一番。

第二天，皇帝进入献县城中。正走着，见前面几十个童男童女抬着一根木头，上写"黄梁"二字，挡在路上。皇帝下令说："撤去黄梁！"纪晓岚一听此话，连忙跪倒在地上叩头，说："皇上万岁，臣代乡亲们谢龙恩！"

皇帝感到奇怪，问他什么意思。纪晓岚说："献县今年大旱，颗粒不收，百姓生活无着落。如今皇上说'撤去皇粮'，真是皇恩浩荡！我代献县父老乡亲谢皇上免除皇粮之恩。"百姓也齐呼万岁。皇上是金口玉言，话说出来就算数，因此嘉庆皇帝只好答应了。

◆ "黄梁"与"皇粮"是谐音双关，纪晓岚利用这一双关语，导演了一场滑稽剧，使皇帝免去了献县的皇粮，为家乡做了件好事。

# 51. 叔向巧用反语

*叔向：姬姓，羊舌氏，名肸，字叔向，又字叔誉。春秋后期晋国贤臣，政治家、外交家。*

春秋时，晋平公在围猎时射中鹦鸟，却没有射死，令仆人去追捕。鹦鸟挣扎着逃跑了，仆人没有捉到，平公大怒，下令杀掉仆人。

大臣叔向在旁说："一定要杀掉他！我们先王唐叔围猎时，一箭就射死了一头犀牛，因此被封在晋地。今天君王继承唐叔大业，却一箭射不到一只鸟，这岂不是给君王丢脸吗？还不赶快杀了他！千万不要让这件事传出去。"平公被说得很不好意思，于是赦免了仆人。

◆叔向表面上好像在替平公说话，数落仆人的罪状，而实际上是在批评晋平公无故杀人，从而为仆人开脱。这种正话反说的方法，往往有幽默讽刺的味道。

# 52. 封人子高妙用反话

子高：芈姓，沈氏，名诸梁，字子高。春秋末楚国令尹。

韩国筑城，段乔为司空（工程建筑总负责人），限下级十五天完工。有一段工程延误了两天，段乔就将负责那段的吏人监禁了起来，准备用刑。

吏人的儿子跑去求封人（管理封疆之官）子高说："只有您才能救出我父亲，就拜托您了。"

子高于是去见段乔，同段乔登上城墙。子高向四面张望，感叹道："这城太壮观了，真是一大功绩啊！你一定要获赏了。自古以来，工程这么大，而又不杀戮一人的，还没有过。"子高走后，段乔乘夜间赶忙放掉了被监禁的吏人。

◆子高表面上好像是赞叹段乔的功德，实际上是暗中告诫他不要滥用刑罚。

# 53. 成公贾规劝楚庄王

成公贾：春秋五霸时期的人物，具体不详。

楚庄王即位三年，不理朝政，又禁止别人进谏，只愿意同别人说隐语。

一天有个叫成公贾的入宫进谏，楚庄王问他："寡人禁止进谏，今天你怎么大胆来进谏？"

成公贾说："臣不敢进谏，只希望同大王说隐语。"

庄王很高兴，说："何不就拿我做话题呢？"

成公贾于是说："有只鸟停落在南方山岭上，三年不动，不飞，不鸣，这是什么鸟？"

楚王答："有只鸟停落在南方山岭上，三年不动，是要坚定意志；三年不鸣，是等待长满羽翼；三年不飞，是要观察民情。这只鸟虽然没飞，一飞将冲天；虽然没鸣，一鸣将惊人。"然后对成公贾说："你可以走了，寡人知道你的意思了。"

第二天，庄王便提拔重用了五人，罢免了不称职的十人。群臣振奋，百姓奔走相贺。

◆成公贾是想用隐语来启发、激励楚庄王有所作为，这种方法比较隐晦、委婉。

# 54. 常枞训诲

老子：又称老聃、李耳，春秋时期楚国苦县厉乡曲仁里人，是我国古代伟大的哲学家和思想家，道家学派创始人。存世有《道德经》，其作品的精华是朴素的辩证法，主张无为而治，其学说对中国哲学发展具有深刻影响。

常枞：老子的老师。

老子的老师常枞病重，老子去看望。老子向他请教说："先生病重了，有遗教留给弟子吗？"

常枞说："你即使不问，我也要告诉你。"问老子："路过故乡而下车，你知道是怎么回事吗？"

老子答："路过故乡而下车，是不是说不要忘记旧交呀？"

常枞说："对，是这个意思。"又问老子："经过高大的树木而表示敬意，你知道是什么意思？"

老子答："经过高大的树木而表示敬意，是不是说要尊敬老人？"

常枞说："对，是这个意思。"又张开嘴给老子看，问："我舌头还在吗？"

答："还在。"

又问："我牙齿还在吗？"

答:"没了。"

常枞于是又问:"你知道这是什么意思吗?"

老子答:"舌头还在,不是因为它柔弱吗?牙齿没了,不是因为它刚强吗?"

常枞说:"对,是这么回事。天下之事你都知道了,还能有什么再跟你说的呢?"

◆常枞同老子说隐语,很有启发性,也很有风趣。他告诉我们不忘本,尊重长者都是很重要的,懂得什么是对、什么是错,是做人应有的基本能力。有时硬碰硬不但达不到目的,还会两败俱伤。而"性柔"就是有灵活性,不伤害自己又获得成功,这是以智慧取胜。

# 55. 郑兴巧用托词

郑兴：字少赣，河南开封人。两汉之交时著名的儒学大师，少学《公羊春秋》，晚年又攻《左氏春秋》。

东汉末年，更始皇帝向太中大夫郑兴询问祭祀的事，说："我想凭借谶（chèn）说（靠解释文字、图记来预示吉凶的迷信说法）来决定祭祀，怎么样？"

郑兴不信谶说，因此回答："臣不从事谶说。"

皇帝生气地问："你不从事谶说，是反对我吗？"

郑兴惶恐地托词说："臣对这方面的书没学过，而没有反对陛下的意思。"皇帝才缓和下来。

◆托词就是找借口，用别的理由掩饰自己的真实想法，可以避免交际中遇到麻烦，或显得文雅一些。郑兴就是巧用托辞化解了危机。

# 56. 惠子妙用比喻

惠子：即惠施，战国时政治家、辩客和哲学家，是名家的代表人物。

惠子求见魏王。有个人对魏王说："惠子谈事情善于比喻，大王如果不让他比喻，他就不能谈论了。"

魏王说："好吧，等他来时，我就不让他用比喻。"

第二天惠子来朝见，魏王就对惠子说："希望先生谈事时就简单直说，不要比喻。"

惠子说："假如有个人不知弹是什么，问别人：'弹是什么样子呢？'别人告诉他：'弹的形状就像弹。'这样说能明白吗？"

魏王说："没明白。"

惠子又说："如果说'弹的形状像弓，而是用竹子做弦'，这样就明白了吧？"

魏王说："可以明白了。"

惠子于是说："所谓谈说，就是用已经知道的来比喻不知道的，让别人知道。可是今天大王说不要比喻，那么怎么能说明事理呢？"魏王说："说得对。"

◆人们说话，是离不开比喻的。恰当的比喻，可有画龙点睛的妙用，使话语生动而明了，使别人容易接受。

# 57. 苏代游说赵惠王

苏代：战国时纵横家，东周洛阳人，苏秦族弟。

赵国准备攻打燕国，苏代为燕国游说赵惠王。他见到赵惠王，说："臣在来赵国的路上，经过易水，蚌正在露出壳晒太阳，鹬（yù）鸟见了就上来啄它的肉，而蚌合上壳就钳住了鹬鸟的嘴。鹬鸟说：'今天不下雨，明天不下雨，就会干死你！'蚌说：'今天不放你，明天不放你，就会饿死你！'双方不相让，这时渔翁来了，就把它们都捉住了。今天赵国要攻打燕国，燕、赵相争，使百姓受苦，臣恐怕强大的秦国就成了渔翁。因此希望大王深思熟虑。"赵惠王认为他说得有理，于是放弃了攻打燕国的打算。

◆苏代巧妙地运用鹬蚌相争，渔翁得利的故事，说服了赵惠王，制止了赵国攻打燕国的军事行动。

# 58. 李梦阳对句

李梦阳：字献吉，号空同子。明代文学家，复古派前七子的领袖人物。

李梦阳发现一个年轻人与自己同名，就对他说："你怎么和我同名呢？我出一上联让你对，你如果对得不好就要改名。"

年轻人说："既然如此，就试试看吧！"

李梦阳出上联说："蔺相如，司马相如，名相如，实不相如。"

年轻人马上对下联："魏无忌，长孙无忌，尔无忌，吾亦无忌。"

李梦阳听了，大为叹服，连说"对得好！"

李梦阳的上联中，先引了蔺相如、司马相如两个古代人名；然后说"名相如，实不相如"，是句双关语，深层意思是说你年轻人虽然与我同名，可学问却不如我。年轻人不示弱，也先引了魏无忌、长孙无忌两个古代人名，然后说"尔无忌，吾亦无忌"，也是双关语，深层意思是说虽然你我同名，但是你不要忌讳，我也不要忌讳。

◆古代诗赋中常有对句，而文士言谈中也常用对句形式来比学问，比智慧，比文采。年轻人的对句对得巧妙，显示了他的智慧和文采，使李梦阳不能不折服。

## 59. 桓尹歌讽晋孝武帝

桓尹：东晋时期的大臣。

大臣谢安忠心辅佐晋孝武帝，但是有人进谗言，使晋孝武帝对谢安产生怀疑。

一次孝武帝设宴，谢安侍坐。孝武帝让大臣桓尹吹笛，桓尹就吹了一曲。桓尹吹完之后，又经孝武帝同意，让自己的仆人吹笛，自己一边歌唱。他唱的是一首《怨诗》，歌词是："为君既不易，为臣良独难。周旦佐文武，《金滕》功不刊。推心辅王政，二叔反流言。"桓尹唱得激昂慷慨，使谢安听了泪沾襟袖，孝武帝听了深有愧色。

歌词中引用了周朝的典故。周武王病重时，周公旦向先王祷告，愿代替兄长武王死。他的祷词被保存在金匮中。武王死后，儿子成王即位，由周公辅佐。可是管叔和蔡叔制造流言，说周公有异心，周公只好躲避到东都。后来成王发现金匮中周公的祷词，才知道周公的忠贞，于是将周公迎接回来执政。

◆歌词暗引周朝这一典故，是为了用周公来比谢安，向孝武帝讽喻谢安是忠诚的，可以信赖的，不要相信有人对他的谗言。这一讽喻解除了君臣间的隔阂，安定了国家。

# 60. 吴起引典谏魏王

吴起：国左氏（今山东省定陶，一说曹县东北）人，战国初期著名的政治改革家，卓越的军事家、统帅、军事改革家。

战国时，魏武侯与大夫们乘船游于黄河之上，感叹道："山河险阻，岂不是坚固的屏障吗！"

王钟在旁说："这是魏国强盛的条件，如果加强防守，那么霸王之业就具备了。"

吴起反驳说："君王所说的，是危害国家的道理，而你却附和，这是助长危险之道。"

武侯很生气，质问吴起："你根据什么这么说？"

吴起回答："山河之险是根本靠不住的，成就霸王之业不能遵循此道。古时，三苗（古代南方部族）地域，左面有彭泽湖，右面有洞庭湖，岷山位于北，衡山位于南，然而君主为政不善，被禹王放逐。夏桀之国，左有天井关，右有天溪山，庐罢（yì）山位于北，伊、洛二水位于南，然而为政不善，终被汤文王灭掉。殷纣王之国，左有孟门山隘，右有漳、釜二水，南有黄河环绕流过，北有太行山为屏障，然而为政不善，终被周武王灭掉。由此看来，靠地形险要怎么能成就霸王之业呢？"

武侯听了，马上说："说得好！我今天才听到了圣人的言论。"于是派他去治理河西地区。

◆引典，就是引用前代的历史事实来说明事理。引用典故是古人言谈和写文章时常用的方式，有很强的说服力。吴起连用了几个典故，有力地驳斥了单凭山河之险来成就大业的错误思想，而主张治国要有好的政治。

# 61. 蔡洪用典回击嘲笑

蔡洪：字叔开，吴郡（今苏州）人。西晋文学家。曾仕吴，入晋为州从事。

蔡洪是西晋时吴地的秀才，他到京都洛阳求取功名，洛阳的士人嘲笑他说："如今各官府初建，都在奉命选拔人才。可是君是吴楚之地的人，又是亡国之人（吴国被灭掉不久），有什么才能来应选？"

蔡洪见他们出言不逊，便回击说："夜光珠不一定都出在孟津之河，满把握的璧玉不一定都出在昆仑之山。舜帝是生于东夷（泛指东方落后地区），周文王生于西羌（泛指西方落后地区），圣贤的出生地怎么能只是一个地方呢？当初周武王讨伐殷纣王，然后把殷族的愚顽之人迁徙到洛阳，那么你们是否就是这些人的后代呢？"

当时洛阳属于开发较早、文化发达的中原地区。上古时，中原人称开发较晚、文化落后的四方偏僻之地为东夷、北狄、西羌、南蛮，有鄙视的意思。虽然当时东、南等地文化已经相当发达，但是居住在中原的人仍有偏见。

◆蔡洪历数典故，首先指出有价值的东西未必都出在一

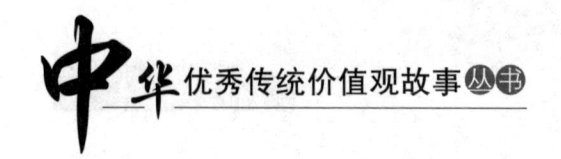

地，圣贤之人也未必都出在中原。意思是说，你们虽是洛阳人，未必有才能；我虽然是蛮夷之人，未必没有才能。接着他又指出周武王迁徙殷族愚顽之人到洛阳的事实，暗中讽刺对方的愚顽偏执。蔡洪的回击有理有力，还显得很有文采。

# 62. 楚成王劝子玉

楚成王：名恽，春秋时楚国国君，楚文王之子，母亲是楚文夫人息妫。

春秋时，晋、楚两国为了争夺与国，两军对峙。楚成王劝楚将子玉说："不要同晋军较量！晋文公在外十九年，艰难困苦都经历过，民情真伪也都了解。上天给了他年寿，除去他的敌害，使他终于回到晋国。这是上天安排的，怎能废除呢？《军志》上说：'允当则归。'又说：'知难而退。'还说：'有德不可敌。'这三条，都适用于我们今天的情况。"

子玉不听，结果在城濮败给晋军。

◆援引先人之言，同引用典故一样，都是为了用来证明自己说法的合理性。楚成王援引《军志》上的话，是为了劝说子玉面对晋文公这样的敌手，应当适可而止，及早退兵。

# 63. 宾媚人引诗驳晋人

宾媚人：成公二年任齐国国佐，擅长外交。宣公十年（公元前599年）聘鲁，成公十八年（公元前573年）被杀。

春秋时，晋、齐两国曾在鞌地交战，齐军战败，晋军穷追不舍。齐顷公派宾媚人去同晋国讲和。晋国人提出条件说："一定要让萧同叔子作为人质，同时使齐国的田垄全部改成东西向。"

宾媚人对此驳斥道："萧同叔子不是别人，是我们国君的母亲。如果从对等地位说，她也是晋君的母亲。晋国在诸侯中发号施令，却说一定要让人家的母亲作为人质，又怎样对待周天子的命令呢？而且这样做就是用不孝来号令诸侯。《诗》中说：'孝子的孝心没有穷尽，永远可以赐给你的同类。'如果用不孝来号令诸侯，这恐怕不是合乎道德的吧！先王对天下的土地划定疆界，分别地理，因地制宜而做有利的安排。所以《诗》中说：'划定疆界，分别地理，南北向或东西向开辟田地，'现在您却让诸侯的田垄一律东西向，不顾地理是否适宜，只管自己兵车行驶的方便（齐国在晋国之东，如果田垄都东西向，兵车行驶就方便），恐怕不是先王的政令吧？违反先王政令就不合道义，怎么能做盟主？"

晋人自觉理亏,终于与齐国讲和。

◆宾媚人据理驳斥晋人的两条无理要求,其中引用了两条《诗经》上的话,作为两条主要论据,有画龙点睛之妙。

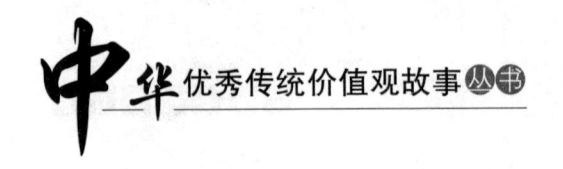

# 64. 子产赋诗晋人畏惧

子产：名侨，郑国贵族，是春秋末期郑国的政治家、思想家、改革家。

晋国想攻打郑国，先派叔向到郑国摸底。叔向到郑国后，子产宴请他，并朗诵了《诗经·郑风·褰裳》中的一段："子惠思我，褰裳涉洧；子不我思，岂无他士？"

这原是一首爱情诗，意思是说：你如果思恋我，就提起裙裳涉过洧水来；你如果不思恋我，难道就没有别的男子了吗？子产赋这首诗，是向叔向暗示说：郑国本是晋国的盟友，但是晋国如果背信弃义而进攻郑国，那么郑国就不会投靠别的大国吗？

叔向回国后，向晋君说："郑国不可以攻打。子产所赋的诗句中有背离我们的意思。要知道，大国楚国是离郑国很近的呀！"

晋侯害怕一旦进攻郑国，郑国会投靠楚国，与楚国结盟，那将是对晋国很不利的，于是放弃了进攻郑国的打算。

◆子产赋诗，是向叔向暗示自己的观点，这种在交际中引诗，可以断章取义，各取所需，根据不同场合灵活运用。

## 65. 不痴不聋不做大家翁

长孙平：字处均，河南洛阳人，周柱国俭子。仕武帝，为卫王侍读。隋受禅，徵拜度支尚书，转工部尚书。

隋文帝时，有人告发大都督邴绍，说他在背地里诽谤皇帝是昏聩（kuì）之人。隋文帝大怒，要杀掉邴绍。工部尚书长孙平劝道："谚语说：'不痴不聋，不做大家翁。'这话虽然平常，却寓意深刻。邴绍背地里说的这话，本来不值得汇报给皇上知道，可是有人偏多嘴多舌。而陛下听了本该装作没听见就算了，却要诛杀大臣，这样恐怕后世有人议论此事，有损于皇上的圣德。"隋文帝这才消气，没杀邴绍。

"不痴不聋，不做大家翁"，这是句谚语，是说一个人对小事如果不是装作又呆又聋，就难以做一个长者或主持大事的人。长孙平援引这句谚语，是要激励隋文帝眼光远大些，立足于帝王之业，而不要斤斤计较于小事，自找烦恼。

◆谚语也就是俗语，是人民群众对生活经验总结概括的语句，言简意赅，富于哲理性。言谈中恰当地运用谚语，可使话语增强说服力。长孙平引用谚语的目的是缓和君臣矛盾，替邴绍解脱。

## 66. 唐代宗巧用谚语

唐代宗：即李豫，初名俶，原被封为广平王，后进封为楚王。肃宗被李辅国惊死后，他继位登基。

唐朝大将郭子仪与唐代宗是亲家，郭子仪的儿子郭暧娶了唐代宗的女儿升平公主。

一次郭暧与升平公主琴瑟不调（夫妻争吵），郭暧嚷道："倚仗你的父亲是天子吗？我的父亲还嫌弃天子之位不坐呢！"公主心中愤愤不平，哭着去向父亲禀告。

代宗对女儿说："你不知详情，他的父亲确实是嫌弃天子之位而不坐，若不然，天下怎能归李家所有呢？"说罢也掉下泪来，催促女儿回家。

郭子仪虽然有大功，但为人谨慎，将儿子拘禁起来，又亲自上朝请罪。

代宗召见并安慰他说："谚语说：'不痴不聋，不做家阿翁。'小孩子说的话，听它做什么？"又赏赐了郭子仪一些财物。

郭子仪回家后，将儿子打了几十板子，以示惩戒。

"不痴不聋，不做家阿翁"，与"不痴不聋，不做大家翁"的基本意思是一样的，不过在这里确实说的是两家阿翁的事。

◆唐代宗巧妙地运用这一谚语，既是自己的表态，也是对郭子仪的安慰，没有使事态影响到两家家长以至君臣的关系上。

## 67. 司马懿的巧妙询问

司马懿：字仲达，三国时期魏国杰出的政治家、军事家，西晋王朝的奠基人。平生最显著的功绩是多次亲率大军成功对抗诸葛亮的北伐。

一日，诸葛亮派使者拜见北魏大将军司马懿，司马懿漫不经心地问："诸葛公近来起居如何？饭量如何？"

使者不知何意，如实回答："只吃三四升。"

司马懿又问起诸葛亮日常处理政事的情况，使者毫无警觉，怀着钦敬的心情答道："诸葛公夙兴夜寐，凡20板以上的处罚，他都要亲自审阅。"

了解到这些情况，司马懿心中暗喜。送走使者，他对身边的将佐们说："进食不多而事繁不息，人岂能堪。诸葛亮岂能久在人世也？不久将死。"

不出司马懿所料，诸葛亮因积劳成疾，不久死在军中。

◆兵法说："知彼知己，百战不殆。"司马懿是个军事家，因此他不放过任何机会来了解敌情。他通过与诸葛亮使者的谈话机会，用随便询问的方式，就了解了作为敌方主帅诸葛亮的身体状况。这种询问，自己的动机完全是隐蔽的。

## 68. 司马光之妾

司马光：初字公实，更字君实，号迂夫，晚号迂叟，北宋政治家、文学家、史学家。主持编纂了中国历史上第一部编年体通史《资治通鉴》。

---

司马光是宋代的名臣，他的妻子没有生子，他的朋友便给他添置了一个妾，为的是使他将来能有个儿子做继承人。

一天此妾打扮一番，进入书房，然而司马光就像没看见她似的，仍伏案读书，妾想进一步试探他对自己的反应，拿起一本书搭讪着问："中丞大人，这是何书？"

司马光拱了拱手，庄重地答："这是《尚书》。"妾见他这样，只好没趣地走了。

◆司马光之妾的询问，是一种故作姿态的询问，她的目的不在于回答的具体内容，而在于试探一下司马光对自己的态度。她的这种询问方式显得含蓄一些。

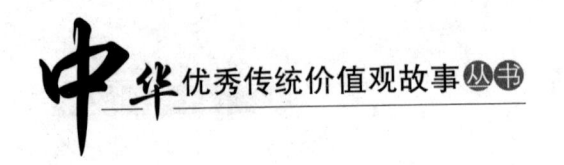

# 69. 晏子借题发挥

晏子：名婴，字平仲，春秋时齐国夷维（今山东高密）人。春秋后期重要的政治家、思想家、外交家。以生活节俭，谦恭下士著称。

齐景公时，有一年冬天雪下了三天三夜还没停。齐景公披着狐皮大衣，坐在殿前的台阶上。晏子入见，侍立在旁边。过了一会，景公对晏子说："真怪呀！这雪下了三天三夜，天气却一点也不冷。"

晏子接过话问："天气真的不冷吗？"景公笑了笑。晏子于是说："我听说，古代的贤君吃饱了却知道有人还在挨饿，穿暖了却知道有人还在受冻，安逸了却知道有人还在遭罪。可是君王现在却不能够这样。"景公于是下令发放衣服和粮食给那些挨饿受冻的人。

◆齐景公身穿狐皮大衣，却奇怪天下了三天三夜的雪而不冷。晏子借此发挥，谈起了古代贤君的事迹，说明了君应爱民的道理，使景公有所觉悟。

## 70. 张相升妙释"孤寒"

张相升：宋时御史。

张相升任御史后，常向宋仁宗上书反映大臣的问题。宋仁宗一次对他说："卿本孤寒（指出身低微，势单力薄），何故屡次谈论近臣？"

张相升回驳说："臣怎能称得上孤寒呢？臣虽出身于布衣之士，然而不久就做了朝官，得到信任，身穿朱衣，腰揣金玉。要说到陛下，才称得上孤寒。"

仁宗奇怪地问："为什么说我孤寒呢？"

张相升解释说："陛下内无贤相，外无良将，官员繁杂而不能裁减、罢免，兵多而缺少训练，孤立于朝廷之上。这就是我说陛下孤寒的意思。"仁宗很赞成他的话。

◆张相升借宋仁宗所说"孤寒"为题，大加发挥，提出了治国应该选贤任能，精兵简政的道理。这样，不仅巧妙地回驳了宋仁宗对自己的非难，反而又对宋仁宗进行了劝谏。

# 71. 折睢劝谏鲁哀公

**鲁哀公**：姬姓，名将，为春秋诸侯国鲁国君主之一，是鲁国第二十六任君主。他为鲁定公儿子，承袭鲁定公担任该国君主。

鲁哀公想扩展住宅，史官认为这样是不吉祥的，加以劝阻。鲁哀公便变了脸色，生起气来。左右近臣相继劝阻，鲁哀公仍是不听。后来鲁哀公见到老师折睢，便问："我想扩展住宅，史官和近臣都认为不吉祥，您认为怎样？"

折睢回答："天下有三种不吉祥，扩展住宅不包括在内。"

哀公听了很高兴，过了一会，又问折睢："三种不吉祥都指的什么内容呢？"

折睢回答："不行礼义，是第一种不吉祥；嗜欲无止境，是第二种不吉祥；不听劝谏，是第三种不吉祥。"鲁哀公听了，不再吭声，扫兴地走了，也再没提扩展住宅的事。

◆折睢对鲁哀公的想法，一开始在表面上好像是表示赞成，而最后在大道理上却具体地否定了。这也就是欲擒故纵的方法。

## 72. 李逢吉智救崔发

李逢吉：字虚舟，系出陇西（今甘肃东南），唐代政治家、文学家。

唐穆宗时，大臣崔发因故殴打了皇帝身边的人，唐穆宗要严厉惩办他。谏官为崔发辩解，穆宗不听。后来大臣李逢吉出面，很平和地向穆宗说："崔发殴打皇帝身边的人，实在是对皇帝大不恭敬。可是崔发的母亲已经八十岁了，自从崔发下狱，积忧成疾。陛下以孝道治理天下，应该怜悯他的老母。"

穆宗这才说："谏官们来说，只谈崔发冤枉，从来不提他大不恭敬的话，也不提他有老母。如果像卿说的，我怎能不赦免他呢？"于是马上下令释放崔发。

◆谏官为崔发辩解，刺伤了皇帝的自尊心，皇帝自然是不会放掉崔发的。李逢吉在皇帝的严威之下，采用了小骂大帮忙的办法，说崔发有罪，对皇帝大不恭敬，然后又提出崔发老母问题，求皇帝大发慈悲。皇帝的自尊心得到了满足，才答应释放崔发。

# 73. 惠施迂回谏太子

惠施：宋国（今河南商丘市）人，战国时政治家、辩客和哲学家，是名家的代表人物。他最主要的行政地区是魏国（今河南开封市），惠施是合纵抗秦的最主要的组织人和支持者。

魏惠王病死，葬期临近，可是天降大雪，阻断交通。太子很着急，想在雪上铺设栈道为父送葬。

大臣劝谏说："雪下得这么大还要发丧，百姓将不堪忍受劳苦，官费也恐怕不足，请缓期吧。"

太子很不高兴，说："我作为父王的儿子，只因百姓劳苦和官费不足就不发丧，是不孝不义的，你们不要再劝阻了。"

在这种情况下，宰相惠施出面见太子，说："葬期临近了。"

太子说："是啊。"惠施接着说："从前周王季历葬在楚山脚下，河水冲了他的墓，露出了棺木的前头。文王知道后，说：'噢！先君是想再见一见群臣百姓吧？因此让河水将棺木显露出来。'于是将棺木起出放在朝廷上，让群臣百姓都来谒见，三天后又重新埋葬。这是文王的孝义之道。现在先君葬期已近，而雪下得这么大，阻断了交通，先君一定是想稍稍滞留，以便安抚国家和百姓。请太子改变葬期，因实际情况而改变葬期，这是周文王认为的孝义，像这样的孝义而不遵循，不是羞于效法周文王吗？"

太子听了此话，才答应延迟葬期。

太子拘守孝义，不顾大雪封路，仍然坚持按期发丧。群臣用劳民伤财的道理劝阻，就像对牛弹琴，毫无作用。惠施进谏，避而不谈劳民伤财之事，而是就孝义而论。先谈周代先王的故事，说明周文王根据具体情况变动葬期不仅不是失去孝义，而且是真正的孝义。这样，太子狭隘的孝义就自然站不住脚了。

再说，周文王是古代圣王，太子怎能拒绝效法呢？因此太子同意延期发丧。

◆惠施采用迂回的方法，并没有提避免劳民伤财的事，而是从太子的孝心出发，正面地以鼓励的方式叫他真正的行孝子之实，所以这种让对方感到自己所言确实与他的目的一致的游说效果就很好。

# 74. 触龙力谏赵太后

触龙：也叫触詟。战国时赵国大臣，官左师。

赵惠文王死后，赵成王即位。赵成王尚年幼，由赵太后摄政。这时，秦国乘机进攻赵国，连下三城。赵国向齐国求救，而齐国提出必须让赵太后小儿子长安君做人质，然后才发兵。赵太后疼爱长安君，不肯答应这一条件。大臣们见赵国危在旦夕，便相继强谏，太后就明白地告诉左右之人："谁要是再提让长安君做人质，老妇我就唾他的脸！"

在这种情况下，左师触龙要求见太后，太后便满怀怒气地等着他。触龙拐着腿紧走了几步，来到太后跟前，抱歉地说："老臣腿脚不好使，走不快，好久没见太后了，心中暗自宽恕，却又担心太后玉体有什么不安，因此想来谒见太后。"

太后说："老妇靠人力车行路。"

触龙问："每日的饮食没减吧？"

太后答："只靠喝粥。"

触龙说："老臣近来食欲不太好，就勉强散散步，每天走上三四里，才渐渐愿意吃东西了，身体得以调解。"

太后说："老妇做不到这样。"太后的脸色缓和了些。

触龙又说："老臣犬子舒祺，是最小的，不成器。而臣已经衰老，心中暗自疼爱他，希望能让他补充宫廷禁卫的空缺，来保卫王宫，臣冒死向您说这话。"

太后说："知道了。小儿子多大了？"

触龙说："十五岁，虽然年纪小，希望在臣未入土之前把他托付给您。"

太后问："男子也疼爱小儿子吗？"触龙说："比女人还甚。"

太后笑了，坚持说："还是女人更甚。"

触龙乘机说："老臣暗以为老夫人疼爱燕后（太后之女，嫁到燕国为后）胜过长安君。"

太后说："您说错了，老妇疼爱燕后比疼爱长安君差远了。"

触龙说："父母疼爱子女，就该替他们考虑长远之计。老夫人送燕后出嫁时，抱着她的脚（燕后上车后，太后只能抱着她的脚）哭泣，为她的远行伤感。燕后走后，您不是不思念，祭祀时一定为她祝愿，说：'千万别让她回来！'这不是替她考虑长远，希望她有子孙能在燕国相继做王吗？"太后说："是这样。"触龙接着说，"赵国及其他诸侯国先代君王的子孙，很少有继承祖业的，这是因为他们地位尊显却无功绩，俸禄优厚却无德业，又拥有众多宝器的缘故。今天老夫人使长安君的地位很高，又封给他富饶的土地，赐给他很多宝器，却不趁早让他为国家建功立业，一旦山陵崩（意即太后死了），长安君凭什么立足于赵国？老臣因此说老夫人替长安君考虑得短浅，对他的疼爱不如对燕后深。"

太后于是说："好吧，就听您怎样安排他吧。"于是，给长

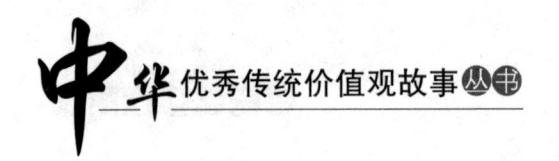

安君准备了一百辆车，打发他到齐国做人质。齐国见到人质，马上发兵援救赵国。

　　按照触龙的推理，赵太后不让长安君做人质，不仅不是疼爱，反而是坑害。水到渠成，赵太后便心悦诚服地同意长安君去齐国做人质了。触龙同赵太后的谈话虽然绕了点弯子，却最终说服了赵太后，让长安君去齐国做人质，解救了赵国严重的局势。

　　◆赵太后不顾国家危难，不让小儿子做人质，而且拒不听劝谏，触龙在这种形势下，凭着老臣的身份见赵太后。他先不直接谈长安君做人质的事，而是先问安，拉家常，消除太后的心理戒备。然后谈话自然导入子女问题，便乘机提出太后疼爱长安君不如疼爱燕后的问题，而且讲出了一番道理。

## 75. 陈轸止昭阳伐齐

陈轸：春秋战国时期的谋士，纵横家。
昭阳：楚公族，楚怀王时令尹、柱国。

楚国昭阳率兵攻打魏国，破敌杀将，连取八城，然后又率兵准备攻打齐国。齐王得到消息后很害怕，便派谋士陈轸出使楚军，劝阻昭阳攻齐。

陈轸见到昭阳后，先跪拜祝贺胜利，然后站起来问昭阳："按楚国的惯例，破敌杀将的人应该得到什么官爵？"

昭阳答："官职是上柱国，爵位是执圭。"

陈轸又问："职位还有比上柱国高的吗？"昭阳答："再高就是令尹（相当宰相）了。"

陈轸于是说："令尹自然是最尊贵了，然而楚王是不会安排两个令尹的。我冒昧地为您打个比方：楚国有个人祭祀时，赏给手下人一碗酒。这碗酒大家都喝远远不够，一个人喝还有余。他们经商议，决定每人在地上画一条蛇，谁先画完谁先喝。其中一个人先画完了，一手端过酒将要喝，另一手还要接着画，说：'我还能给蛇添上脚。'没等他画上脚，另一个人的蛇也画完了，夺过他手中的酒碗，说：'蛇本来没有脚，你怎么给它画上脚？'说着就喝起酒来。而要为蛇画脚的人，却失去了本该自己得到的酒。今天将军为楚国攻打魏国，破敌杀将，获得八城；又想攻打齐国，齐国人也已经表示畏惧将军了。将军凭借这些，也足够得到上柱国和执圭的官爵了。战无不胜而不知适可而止，将招来灭身之祸，爵禄也将得而复失，结果也就像画蛇添足的人一样。"

昭阳认为陈轸说得有道理，于是收兵回国了。

◆陈轸劝阻昭阳，主要是向他分析了适可而止和继续前进的利弊得失，使之趋利避害，停止进攻齐国的行动。陈轸还用了"画蛇添足"的故事，更增加了他的言辞的说服力。

陈轸仅凭一席之言就为齐国解除了巨大危难，其非凡的智慧令人敬佩。

## 76. 给彭刚直"戴高帽"

**彭刚直**：即彭玉麟，湖南衡阳县人。湘军水师统领，清朝著名政治家、军事家、书画家。与曾国藩、左宗棠并称大清三杰。中国近代海军奠基人。

清代武官彭刚直退职后，住在杭州，常戴着草笠，穿着短袄步行在街上。时间长了，妇女儿童也都认识他了。一次他路过一条小巷，街旁楼上一个女子晒衣裳，一失手衣裳落下掉在他的头上。彭刚直大怒，指着那女子呵骂。

女子见是彭刚直，心中害怕，却急中生智，说："看你样子像是军营中的人，因此这样强横。你可知道彭大人就在这地方住吗？他清廉正直，如果告诉他知道，就要砍掉你的脑袋！"彭刚直一听这话，转怒为喜，心里乐滋滋地走了。

女子的一顶"高帽"，就使彭刚直放弃了攻势，女子自己也摆脱了困境。

◆这里所说的"戴高帽"，就是当面说赞美的话，"戴高帽"，这无疑是一种市侩作风，不值得效法，但是在一定场合中，给有的人戴戴"高帽"也是需要的。

# 77. 烛过激励赵简子

赵简子：原名名鞅，后名志父，谥号简。杰出的政治家，军事家，外交家，改革家。战国时期赵国基业的开创者，郡县制社会改革的积极推动者，先秦法家思想的实践者，与其子赵无恤（即赵襄子）并称"简襄之烈"。

春秋末年，赵简子（晋国正卿）率兵进攻卫国，兵临卫国城下。他远远站在箭矢射不到的地方，又用犀牛皮围上屏障，击鼓指挥将士攻城。可是将士们都畏缩不前。简子于是扔下鼓槌，叹道："呜呼！将士竟这么快变得无用了。"

行人（官职）烛过摘下头盔，横起戈，恭敬地对他说："只有君无能的，哪有战士无能的？"

简子大怒，说："寡人无人可使，亲自率领这些人前来，你却说我无能。你如果说出个道理还可以，如果说不出个道理。我要你的命！"

烛过说："当初献公即位五年，吞并十九国，是用这样的将士。惠公即位二年，荒淫暴虐，贪恋美女，秦国袭击我们，他逃离绛城七十里，用的也是这样将士。文公即位二年，提倡武勇，三年后将士变得果敢，城濮之战中大败楚人，安定了周天子的地位，自己也称霸诸侯，名扬天下，用的也是这样将士。有君无能的,哪有将士无能的?"

简子于是撤除屏障,立在箭矢射程之内,击鼓一通,将士就登上了城。

简子事后说:"与其得到千辆兵车,不如听烛过一言!"

◆烛过之言有如此大的作用,主要是用了激将法,调动了赵简子的勇武精神。他先是提出只有君无能的,没有将士无能的这一道理,激怒赵简子。然后又历数晋君成败的经验教训来论证这一道理,使敢于有作为的赵简子效法献公和文公。简子终于冒箭矢指挥,鼓舞了士气,取得了胜利。

# 78. 诸葛亮智激孙权

诸葛亮：字孔明，号卧龙，琅琊阳都（今山东临沂市沂南县）人，三国时期蜀汉丞相，杰出的政治家、军事家、文学家。

孙权：字仲谋，三国时期吴国的开国皇帝，杰出的政治家、战略家，胆略超群。曹操曾称赞道：生子当如孙仲谋。

刘备在荆州时，曹操率军南下，而荆州刘琮又投降了，形势十分危急，诸葛亮提出联吴抗曹的主张，而且亲自出使东吴。

诸葛亮见到孙权，先分析了当时天下的形势，然后说："将军衡量自己的力量来应付形势：如果能凭借吴、越之众与曹操抗衡，不如早同曹操断交；如果不能抵挡，何不放弃武装，朝北称臣？将军外表假托服从之名，而内心却犹豫而不甘心；如果在这紧要关头不下定决心，祸不久将至矣！"

孙权反唇相问："如果像先生所说，刘豫州（刘备）为何不朝北称臣呢？"

诸葛亮说："田横（原齐国贵族，秦亡后自立为王，刘邦统一天下后他逃至海上，刘邦召他做官，他于途中自杀）不过是齐国的一个壮士，还能保持气节而不受侮辱，何况刘豫州是王室后裔，英才盖世，众人仰慕如水流归大海呢？如果大业不成，是天意绝人，怎能甘心受人摆布呢！"

孙权于是愤然说："我不能拿整个吴地，十万大军，受人挟制，我的决心下定了！"便同诸葛亮商讨起联合抗曹的事。

诸葛亮先是以"放弃武装，朝北称臣"相激。当孙权反问后，诸葛亮又乘势用田横至死不受侮，刘备虽力单势微也不甘人下相激。孙权拥有吴、越之地，十万大军，自己也是条硬汉子，怎么能受得了这种激励？于是下定决心联合刘备抗曹。

◆诸葛亮用的也是激将法，利用孙权的自尊心和逆反心理积极的一面，以"刺激"的方式，激起不服输情绪，将其潜能发挥出来，从而得到不同寻常的说服效果。

# 79. 庸芮问难秦宣太后

庸芮：战国时秦国大臣。

秦宣太后：战国时秦惠文君之后，昭襄王之母，楚国人。昭襄王即位后，因年幼由太后执政。

秦宣太后宠爱魏丑夫，太后病重将死时，下令："埋葬我时，一定要用魏丑夫陪葬。"魏丑夫很恐惧。

大臣庸芮为此问太后："您认为人死了之后还有知觉吗？"

太后答："没有知觉。"

庸芮于是向秦宣太后问难："如果太后明知人死后没有知觉，为啥无故将生时所宠爱的人陪葬在没有知觉的死人旁边呢？如果人死了有知觉，先王（指惠王）忍受侮辱已经很久了，太后补救过失还来不及，有什么工夫去宠爱魏丑夫呢？"

太后只好说："你说的有道理。"于是放弃了原来的打算。

庸芮在问难中提出了两种可能性，即人死后没有知觉和有知觉。在具体的分析推论中指出：如果人死后没有知觉，让魏丑夫陪葬也是没有价值的。如果人死后有知觉，形势也不允许太后与魏丑夫寻欢作乐，让魏丑夫陪葬也是没有价值的。其结论显而易见，是说让魏丑夫陪葬没有必要，从而否定了秦宣太后的动议。

◆庸芮的这种推理方式，在逻辑学上叫二难推理。二难推理是在论辩时经常用到的一种推理，它从正反不同角度来否定对方的主张，很有说服力。

# 80. 班婕妤辩诬

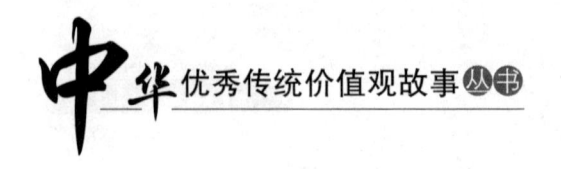

班婕妤：西汉女辞赋家，是中国文学史上以辞赋见长的女作家之一。祖籍楼烦（今山西朔县宁武附近）人，是汉成帝的妃子，善诗赋，有美德。初为少使，立为婕妤。

汉成帝时，宠妃赵飞燕妒忌班婕妤（宫中女官名），便在皇帝面前谗毁她曾诅咒后宫之人，汉成帝于是考问班婕妤。

班婕妤辩白说："妾听说，'生死有命，富贵在天'。修善未必能得福，作恶又能期望得到什么？如果鬼神有知，是不接受邪恶的诅咒的；如果鬼神无知，向他们诅咒诉说又有什么用？因此妾不做诅咒的事。"

成帝听了很受感动，很同情她，赐给了她一百斤黄金。

班婕妤在辩白中使用了两层二难推理。第一层，指出修善未必得福，诅咒作恶也得不到福，那么诅咒是没有必要的。第二层，指出鬼神有知，鬼神不会听诅咒之言；鬼神无知，向鬼神诅咒不起作用，那么诅咒也是没有必要的。总之，诅咒是没有必要的，因此自己不从事诅咒。

◆班婕妤的这番答词，义正词严，取得了汉成帝的理解和同情，她用智慧和才辩使自己化险为夷。

# 81. 苏轼批驳奇谈怪论

苏轼：字子瞻，又字和仲，号东坡居士。眉州眉山（今属四川）人。北宋文学家、书画家。与父苏洵，弟苏辙合称三苏，在文学艺术方面堪称全才。

北宋时，欧阳修对苏轼讲过这样一件事："一个病人去求医，医生问起病因，病人说：'我乘船时遇上大风，受了惊吓。'医生就取来多年的舵把子，上面浸透了船工的汗水，从上面刮下一些木屑，加上朱砂等药，合成一剂给病人吃下去，病人的病还真的好了。"

苏轼听了欧阳修的讲述，说："照这么说，用笔墨烧的灰给读书人喝下去，不是可以治疗昏沉怠惰的病吗？推而广之，喝一口伯夷（商代末年的清廉者）的洗手水，就可以治疗贪心病了；喝一口比干（商纣王的直臣）的残羹剩汤，就可以治疗拍马屁胆怯病了；闻一闻西施的耳环，就可以治疗皮肤病了。"欧阳修听了，大笑起来。

苏轼为了批驳庸医的用药方法，便按照其中道理列举了多种假设，最终导致荒谬可笑的结论，从而证明这种以意念用药的方法是站不住脚的。

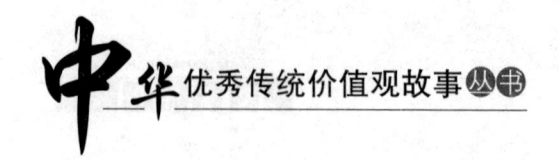

◆苏轼运用的这种推理方法在逻辑学上叫归谬法。归谬法就是先假设对方的说法是对的，然后用它作为前提推论下去，结果导致荒谬的结论。这种方法是"以子之矛，攻子之盾"，从对方论辩的过程导致错误，使对方自己否定自己，因此很有辩驳力。又因这种推理最终导致荒诞离奇的结论，因此往往使听的人禁不住发笑，有幽默的效果。

# 82. 张旄诱导魏安厘王

张旄：战国时魏国大臣，是杀害楚国奸臣靳尚之人，生平多见《战国策》。

战国时，魏安厘王问臣下张旄："我想联合秦国攻打韩国，你看怎么样？"

张旄没有直接回答这一问题，而是先问："如果这样，韩国是坐而待毙呢，还是将割让土地来顺应形势呢？"

安厘王答："韩国自然是要割让土地顺应形势了。"

又问："韩国将怨恨魏国呢，还是怨恨秦国呢？"

答："自然是要怨恨魏国了。"

又问："韩国会认为秦国强大呢，还是会认为魏国强大呢？"

答："自然是会认为秦国强大了。"

又问："韩国将割让土地服从他们认为强大而不怨恨的秦国呢，还是将割让土地给他们认为不强大而又怨恨的魏国呢？"

答："自然是割让土地给他们认为强大而又不怨恨的秦国了。"

张旄于是对安厘王说："那么，攻打韩国的事，大王就应该知道怎么样了。"

张旄的推理过程是：如果魏国联合秦国攻打韩国，韩国将迫于形势而割让土地，但不是给魏国，而是给秦国。这样，就会使韩国与秦国结成联盟，魏国不仅得不到丝毫好处，还将被孤立，结论是：魏国不能联合秦国攻打韩国。张旄假设安厘王的想法是对的，但最后推理的结论是对这种想法的否定。这一结论虽然没有说出，然而是不言而喻的，而且是张旄一步步诱导安厘王自己得出的，因此有相当的说服力。

◆张旄说服魏安厘王放弃联秦攻韩，用的是假言推理的方法。他先假设按照魏王的想法去做，和秦国一起攻打韩国，然后一步步引导启发魏王去思考可能出现的后果，最后启发魏王自己推出否定这种假设的结论，所以具有很强的说服力。

## 83. 墨子游说楚王

墨子：名翟。是战国时期著名的思想家、教育家、科学家、军事家、社会活动家，墨家学派的创始人，并有《墨子》一书传世。

楚国准备攻打宋国，宋人墨子听说后，便去游说楚王。他先问楚王："假如有个人，自己家放着华丽的车，却想去偷邻人的破车，自己家存有锦绣，却想去偷邻人的破衣裳；自己家有米肉，却想去偷邻人的糟糠。这是个什么样的人呢？"

楚王说："这人一定是有偷病。"

墨子于是说："楚国之地四边都有五千里长，而宋国只有五百里，这就像华丽的车与破车的差别；楚国有云梦泽，犀牛、麋鹿充实，长江、汉水的鱼鳖也富饶得闻名天下，而宋国却是连野鸡、兔子、鲫鱼都没有的地方，这就像米肉与糟糠的差别；楚国有松、文梓、楠、樟等高大的树木，而宋国却没有什么高大的树木，这就像锦绣与破衣裳的差别。臣认为楚人攻宋，与前面说的那种人的做法是一样的。"

楚王认为他说的有道理，决定不攻打宋国了。

◆墨子先设问，诱使楚王表态，说出一个道理，然后又用这一道理去检查对照楚王的行为，结果证明楚王的行为是荒谬错误的。这种方法被称为"瓮中捉鳖"法，或"引人入彀"法。这种方法使对方自己否定自己而不能自拔，很有辩驳说服力。

# 84. 一肚皮不合时宜

苏东坡：即苏轼。北宋文学家、书画家。字子瞻，又字和仲，号东坡居士。眉州眉山（今属四川）人。与父苏洵、弟苏辙合称三苏，在文学艺术方面堪称全才。

苏东坡一天吃罢晚饭，摸着肚皮散步。忽然回头问侍女："你们试着说说，这里头有什么东西。"

一个说："都是文章。"东坡不以为然。

又一个说："满肚子都是机械。"东坡仍觉不恰当。

轮到朝云，说："朝士（称东坡）一肚皮不合时宜。"东坡于是捧腹大笑。

◆为什么朝云的话会使苏东坡捧腹大笑呢？苏东坡当时与执政者往往不合，因此仕途坎坷。他是个性格豪放的人，朝云的话不仅正中他的心曲，又说得含蓄幽默，就使他捧腹大笑起来。

# 85. 吕不韦暗示子楚

吕不韦：战国末期卫国著名商人，后为秦国丞相，政治家、思想家，卫国濮阳（今河南濮阳）人。吕不韦组织门客编写了著名的《吕氏春秋》。

秦国国君的公子子楚曾在赵国做人质，生活贫苦，很不得志。吕不韦在邯郸经商时，见到子楚，认为他才是真正的奇货，在他身上投点资，将来可以使自己富贵无比。于是见子楚，对他说："我能壮大你的门面。"子楚笑了，说："你将壮大自己的门面，却说要壮大我的门面。"

吕不韦说："这你就不知道了。我的门面将靠壮大你的门面才能壮大。"子楚这才明白他的意思，便招呼他坐下深谈起来。

后来吕不韦出重金为子楚活动，扩大子楚的声誉，使他立为太子，最后做了秦王，而自己也成为秦国的丞相。吕不韦终于靠壮大子楚的"门面"而壮大了自己的"门面"。

◆作为一名成功的商人，吕不韦练就了一身说客的本领，察言观色方面更是胜人一筹。他所观甚远、所求甚大。所以，也确确实实费尽了力气帮助子楚一个台阶一个台阶地向着王位迈进，终于靠壮大子楚的"门面"而壮大了自己的"门面"。

## 86. 张镒馈赠时的托词

张镒：唐代经学家。字季权，一字公度，吴郡昆山人。父朔方节度使，以父荫授左卫兵曹参军。建中二年（781），拜中书侍郎，同中书门下平章事，以中书侍郎为凤翔、陇右节度使。

唐朝大臣陆贽年轻时，听说张镒很有名望，便去拜访。张镒一开始并不了解陆贽，后来谈论起来，才发现他很有才学，与他结交。陆贽辞行时，张镒送他上百万钱，说："愿备太夫人（指陆母）一日之餐。"陆贽不接受钱，只接受了一包新茶，说："怎敢不领您的盛情！"

◆张镒说"愿备太夫人一日之餐"，可是陆母再能挥霍，一日也吃不了上百万钱的食物，这只不过是送别人贵重财物时的托词而已。这样的托词，显得自己谦卑，而对别人尊重。

# 87. 真宰相之言也

王安石：字介甫，号半山，谥文，封荆国公。世人又称王荆公。北宋抚州临川人（今江西省东乡县上池村人），中国历史上杰出的政治家、思想家、文学家、改革家，唐宋八大家之一。北宋丞相、新党领袖。

北宋时，薛简肃被朝廷任命为江淮发运使，临行前向宰相王安石辞行。王安石意味深长地对他说："东南民力竭矣！"

薛简肃事后同别人谈起王安石的话，赞叹道："真宰相之言也！"

◆"东南民力竭矣"，这话一是道出了东南百姓力量已经枯竭的事实；二是暗示薛简肃到东南地区后要爱护民力，体谅百姓的苦衷，做好父母官；三是体现了王安石自己忧国忧民的情怀。一句话包含了这么丰富深刻的内容，因此薛简肃赞叹"真宰相之言也"。